VEREDAS

Tânia Alexandre Martinelli

A melhor banda do mundo

1ª edição
São Paulo
Ilustrações: Marlon Tenório

MODERNA

© TÂNIA ALEXANDRE MARTINELLI, 2012

COORDENAÇÃO EDITORIAL Maristela Petrili de Almeida Leite
EDIÇÃO DE TEXTO Carolina Leite de Souza
COORDENAÇÃO DE PRODUÇÃO GRÁFICA Dalva Fumiko
COORDENAÇÃO DE REVISÃO Elaine Cristina del Nero
REVISÃO Márcia Leme
COORDENAÇÃO DE EDIÇÃO DE ARTE Camila Fiorenza
PROJETO GRÁFICO Camila Fiorenza
ILUSTRAÇÕES DE MIOLO Marlon Tenório
DIAGRAMAÇÃO Cristina Uetake, Vitória Sousa
SAÍDA DE FILMES Helio P. de Souza Filho, Marcio H. Kamoto
COORDENAÇÃO DE PRODUÇÃO INDUSTRIAL Wilson Aparecido Troque
IMPRESSÃO E ACABAMENTO Meta Brasil

LOTE 800782
CÓD 12076917

Dados Internacionais de Catalogação na Publicação (CIP)
(Câmara Brasileira do Livro, SP, Brasil)

Martinelli, Tânia Alexandre
 A melhor banda do mundo / Tânia Alexandre
Martinelli. – 1. ed. – São Paulo : Moderna,
2012. – (Coleção veredas)

 1. Ficção-Literatura infantojuvenil I. Título.
II. Série.

ISBN 978-85-16-07691-7

12-01729   CDD-028.5

Índices para catálogo sistemático:
1. Ficção : Literatura infantojuvenil   028.5
2. Ficção : Literatura juvenil   028.5

Reprodução proibida. Art.184 do Código Penal e Lei 9.610 de 19 de fevereiro de 1998.

Todos os direitos reservados

EDITORA MODERNA LTDA.
Rua Padre Adelino, 758 - Belenzinho
São Paulo - SP - Brasil - CEP 03303-904
Vendas e Atendimento: Tel. (11) 2790-1300
Fax (11) 2790-1501
www.modernaliteratura.com.br
2025

Para Flor Catalina

Sumário

1. Hora do almoço, 07
2. Os Astecas, 11
3. Ainda na hora do almoço, 17
4. Longa tarde, 21
5. Recado, 26
6. Sozinho nesse barco, 31
7. O boliviano, 34
8. Pátio, 39
9. O menino do 8º andar, 44
10. Telefonema, 48
11. Dúvida cruel, 52
12. *Every breath you take*, 57
13. Celular, 61
14. Na portaria, 72
15. Sorte, 77
16. Sorte, porém..., 81
17. Azul, 86
18. Ingresso, 92
19. Antes da aula, 96
20. Carona, 101
21. *On-line*, 104
22. "Não tenho medo do escuro, mas deixe as luzes acesas agora", 107

23. No edifício, 110
24. O boato, 117
25. Revolta, 122
26. Perdão, 127
27. Chateado, 131
28. ¡Hola!, 135
29. Mais chateado que nunca, 141
30. Macarronada, 145
31. A reunião, 148
32. Intervalo, 153
33. Outra vez o caderno, 160
34. Pela manhã, 163
35. *Notebook*, 167
36. Os CDs, 170
37. À espera, 172
38. Foi assim, 178
39. Elevador, 183
40. Beijo, 186
41. E-mails, 190
42. Na classe, 192
43. Sinal fechado, 201
44. Show dos Astecas, 205

1.

Hora do almoço

Assim que desceu da van, Ana Gabriela correu até a entrada do prédio e foi logo empurrando a grade do portão. Fechado, obviamente. Respirou fundo, soltando o ar de uma só vez, numa clara mistura de frustração e impaciência, e em seguida olhou a janela por onde era possível avistar o seu Nílson. Justamente naquela hora, o porteiro resolveu falar ao telefone e não prestar atenção em mais nada que estivesse acontecendo do lado de fora. Incrível.

— Ô seu Nílson!

Ao ouvir seu nome, o senhor de barba bem feita, rosto magro, testa comprida com duas belas entradas devido a uma calvície que começara cedo, afastou-se um pouco do aparelho e deu uma espiada. Sorriu, simpático.

— Oi, Ana!
— Abre logo, seu Nílson! Tô com pressa!
Ele fez um sinal com a cabeça e apertou o botão.
— Finalmente!
Ana Gabriela subiu os degraus de dois em dois. Ao passar pelo porteiro, disse um obrigada corrido, com os mesmos passos largos de quem está perdendo a hora ou algo semelhante.
Seu Nílson desligou o telefone e respondeu com um grito:
— De nada!
Mas Ana Gabriela nem ouviu. Já estava dentro do elevador, fuçando na bolsa à procura da chave. Seu Nílson não conseguia entender como essa gente podia viver correndo o tempo todo. Pelo jeito, isso começava cedo. O porteiro balançou a cabeça de um lado para outro e voltou ao seu serviço.
Quando chegou ao terceiro andar, Ana Gabriela abriu a porta de seu apartamento no exato instante em que dona Lila abria a porta do dela. Que coincidência. Mais fora de hora.
— Oi, Ana!
Com a mão ainda grudada na maçaneta, a garota piscou os olhos devagar, deu um suspiro, e só então olhou para a vizinha que, aparentemente, encontrava-se de saída. Será que todo mundo tinha resolvido atrasá-la nesse dia? Justo nesse dia que estava mais do que ansiosa para chegar em casa?

— Oi.

— Tudo bem com você?

Num movimento rápido com a cabeça, a voz saindo sem muito disfarce, ela foi dizendo que sim, tudo bem. Não era um momento muito apropriado para ficar batendo papo. Pena que a dona Lila não percebeu.

A mulher trancou o apartamento e aproximou-se de Ana Gabriela, que, a essa altura, já tinha dado um passo adentro.

— Faz tempo que não vejo a sua mãe.

— Ela tem chegado tarde do trabalho, sabe como é.

— Sei.

A vizinha continuava do mesmíssimo jeito, parada ali como se estivesse confabulando a próxima pergunta. E antes que essa possível pergunta realmente surgisse, Ana Gabriela disse a primeira coisa que lhe veio à cabeça:

— Dona Lila, a senhora me dá licença... tô morrendo de fome.

— Ah, claro! Nossa, você chega tarde da escola, né?

— Venho de van, por isso. Ela passa antes num milhão de lugares, sou quase a última a descer.

— E aposto que é a primeira a subir!

— Praticamente.

— Bom seria se fosse no meio do caminho, não acha? Nem a primeira, nem a última. Assim você não precisaria acordar tão cedo nem almoçar tão tarde.

— Preciso almoçar, dona Lila.

— Ah, é! Dá um beijo na sua mãe, tá bom?

— Pode deixar — e foi empurrando a porta, o rosto de dona Lila desaparecendo da sua vista.

Mas por pouco tempo. Insistente, a cara redonda e corada de *blush* resolveu posicionar-se diante da pequena fresta que ainda restava:

— E o seu irmão?

Ana Gabriela abriu a porta um pouco mais. Tinha hora que era muito chato ser tão educada.

— Tá tudo bem, dona Lila.

— Quando é que ele volta?

— No meio do ano.

— Ah... Até que passa rápido, não? Quer dizer, isso pra gente que está de fora, não pra vocês, naturalmente... Bom, mas agora você tem que almoçar.

Ana Gabriela arqueou as sobrancelhas e cerrou os lábios, endossando a fala da vizinha com um meio sorriso.

— Então, bom apetite! — a mulher desejou — E se precisar de alguma coisa, já sabe. Estou aqui do lado.

— A-hã.

E a porta se fechou. Finalmente.

2.

Os Astecas

Marcelo almoçava calado. Bem ao contrário dos pais, que, incansavelmente, falavam o tempo inteiro. Juliana até tentou se intrometer algumas vezes, contou-lhes fatos da escola, falou da amiga tal, do amigo tal, mas, infelizmente, esse era o tipo do assunto que ultimamente não fazia muito sucesso naquela casa. Morria logo, três ou quatro frases depois. Sílvia e André sempre davam um jeito de retomar a própria conversa. Sempre. Os filhos andavam bem cansados dessa história de reforma.

Porém, nesse dia, isso era o que menos incomodava Marcelo, pois a sua cabeça estava bem longe dali. Tão longe que Sílvia, depois de ter discorrido tudo o que podia sobre tintas, metais, espelhos e persianas, no momento em que conseguiu respirar e prestar um pouco mais de atenção naqueles dois à sua frente, acabou percebendo certo ar de distração no filho. E estranhou.

— Que foi, Marcelo?

— Hein?

Ela voltou-se para o marido:

— Viu como ele está, André? A gente fala, fala, e o nosso filho nem se importa se o quarto dele vai ser verde, azul ou cor-de-rosa.

Marcelo ensaiou um sorriso.

— Engraçadinha...

A mãe tomou seu braço, rindo.

— Estou brincando. É que você me parece tão, mas tão longe! Mexendo o garfo assim, desse jeito... Perdeu a fome? Ou está acontecendo alguma coisa?

Juliana entrou na conversa imediatamente:

— Mãe, eu te contei um monte de coisas da minha vida e você nem deu a menor bola. Agora fica perguntando pro Marcelo. É Marcelo, Marcelo, só o Marcelo!

— Que é isso, Juliana?! É claro que eu ouvi.

— Ah, sim... Ouviu tudo!

— Exatamente.

Juliana pôs os cotovelos em cima da mesa e apoiou o queixo nas duas mãos. Mirou o irmão, que arrumou os talheres no prato, um ao lado do outro, e esticou-se todo na cadeira, espreguiçando-se.

— Bom, mãe, já que você perguntou...
— É que ele tá apaixonado — provocou Juliana.
A frase sempre dava certo quando o intuito era irritar o irmão.
— Quer fazer o favor de não se meter?
— Credo! — reclamou a irmã, bancando a sonsa.
— Como você fica bravo por pouca coisa... Que mau humor!
— Pouca coisa? Já tenho muitos problemas na minha vida pra ter que ficar aturando você, uma menininha que ainda nem cresceu.
— Também não precisa me ofender, viu? E menininha é a sua avó! Eu já tenho dez anos!
— Nooossa! — ele zombou.
— Querem parar com isso vocês dois? — bronqueou Sílvia. — Não acredito que vão ficar brigando aqui à mesa, na hora mais sagrada que temos, na hora em que nós quatro...
— Na hora em que vocês dois — a menina apontou o pai e a mãe — ficam falando o tempo inteiro de reformas!
— Juliana!
— E não é não?
Sílvia virou-se para André:
— Você não vai dizer nada?
André limpou a boca no guardanapo. Tomou um gole de água. E respondeu, paciente:

— A palavra estava com o Marcelo. Pode falar, meu filho.

Juliana emburrou, cruzando os braços. Um bico enorme, do tamanho da sua braveza.

— Eu tenho um pedido pra fazer — Marcelo disse.

— Pedido?

— É, pai. Pedido — pausa. — Sabe os Astecas?

— Quem? — perguntou André.

A explicação partiu de Sílvia, no mesmo instante:

— Os Astecas, André! O Marcelo ouve essa banda vinte e quatro horas por dia, como é que você nunca escutou?

— Eu não ouço os Astecas vinte e quatro horas por dia, mãe. Quem vê pensa que eu não tenho mais nada pra fazer na vida.

— Ah, mas é claro que ele tem — de novo a Juliana. — Que injustiça, ô dó...

— Você fica quieta, hein, Juliana! Tô avisando!

— Fala baixo, Marcelo — pediu Sílvia.

O garoto defendeu-se:

— Vocês não percebem que ela tá me irritando faz tempo?

— Eu?! — Juliana pôs a mão no peito.

— Que inocente... Pobrezinha!

Sílvia e André se entreolharam.

— Está difícil essa conversa — ela disse.

— Pode crer — ele concordou.

Marcelo desmanchou a cara de irmão mais zangado do mundo e riu. André não entendeu.

— Que foi, Marcelo?

— É engraçado ouvir você falando "pode crer".

— Ué?! E você acha que só os adolescentes conhecem gíria? Essa gíria é antiga, meu filho. Eu falava isso e acho que seu avô também devia falar algo do tipo.

— Nossos pais falando gíria, André? — foi a vez de Sílvia rir.

— E por que não?

— Seu pai eu não sei, mas o meu era completamente formal. Completamente. Lembra quando você foi lá em casa pela primeira vez? Engasgou. E sem gíria nenhuma, diga-se de passagem.

— Claro, eu queria impressionar seu pai, falar umas palavras bonitas, mostrar quão refinado era o rapaz que queria namorar a filha dele.

— Ugh! Que conversa mais melosa! — Juliana fez uma careta. — Quão refinado... Por acaso isso é propaganda de açúcar?

Marcelo e Juliana explodiram numa gargalhada que parecia não ter fim. Nem de longe eram os mesmos de momentos atrás. Riram muito, exageradamente.

Isso até ouvirem o basta de André:

— Chega, chega. Vamos deixar essa conversa de túnel do tempo para mais tarde. Marcelo, fala o que queria de uma vez.

A risada foi-se esvaindo, esvaindo, até que Marcelo tornou a ficar sério.

— É que os Astecas vão tocar em São Paulo. Vai ser o show de gravação do DVD, o primeiro da banda. Vai ser demais. Demais mesmo! O Mateus até já viu o transporte, ninguém vai precisar se preocupar com nada, pai — Marcelo respirou. — Eu quero ir.

3.

Ainda na hora do almoço

Ana Gabriela jogou sua mochila em cima da cama e foi até o computador. Ligou. Ia sentar-se à frente dele, quando ouviu o toque do telefone. Correu até a sala para atender.

— Alô!
— Parabéns, minha querida!
— Oi, mãe!
— Liguei pra falar parabéns.
— Você já disse hoje de manhã.
— Ah, então estava mesmo acordada.
— Eu não falei obrigada?
— Mais ou menos. Você falou uma palavra incompreensível, achei que nem fosse comigo, que

estivesse sonhando... Não tem gente que fala dormindo?

— Rá, rá, rá.

— Justo hoje tive que sair mais cedo por causa daquele cliente, queria tanto ter tomado o café da manhã com você, com calma!

— O meu pai me fez companhia.

— É, eu sei. Bom, mas fazer o quê? Nem tudo acontece exatamente como a gente quer. Você já almoçou?

— Acabei de chegar, mãe. Só deu tempo de ligar o computador.

— Ana Gabriela. A senhorita pode fazer o favor de desligar aquele negócio e almoçar primeiro.

— Eu só ia ver uma coisinha...

— Uma coisinha? Pensa que eu não te conheço? Começa a ler recadinhos, responder, e lá se vão horas e horas. Desliga aquele computador já!

— Vai brigar comigo no dia do meu aniversário?

— Se você não for almoçar imediatamente, sim.

— Eu só ia ver meus recados, eu juro! Hoje é meu aniversário e um montão de amigos deve ter me deixado mensagens.

— Ana Gabriela...

— Tá bom, tá bom. Eu vejo depois.

— Isso. Olha, se alguém me procurar, diga que eu vou chegar só à noite. Tenho que visitar outro cliente no final da tarde e acho que vou demorar.

— Eu disse que você chega tarde.
— Disse? Disse pra quem?
— Pra dona Lila.
— A dona Lila me procurou?
— Não, exatamente. Ela só queria me atrasar...
— Hã? Como assim?
— Esquece. Mãe, se quiser mesmo que eu vá almoçar antes de ler meus recados, é melhor eu desligar logo, não acha?
— Ana Gabriela. Você anda ficando muito tempo nesse computador.
— É claro que não.
— Bem que eu gostaria que alguém trabalhasse aí em casa todos os dias pra você não ficar tão sozinha, mas o nosso dinheiro está curtíssimo, você sabe. Ainda mais com essa história do seu irmão.
— Você queria pôr alguém aqui pra me vigiar?
— Pra te fazer companhia.
— Sei.
— Beijo, filha. Agora eu tenho que trabalhar.
— Beijo.

Ana Gabriela almoçou, juntou a louça dentro da pia, pois é lógico que arrumaria tudo depois, só depois, e foi direto ao computador. Finalmente! Estava tão ansiosa! De uma coisa sua mãe tinha mesmo razão: se começasse a ler seus recados naquela hora, certamente iria querer respondê-los, além de ficar conversando com um e com outro. Aí, claro, adeus, almoço.

Acessou o *site* de relacionamentos e olhou seus recados. Vários, como imaginara.

Só que no meio de tantos parabéns, felicidades, amiga querida, tudo de bom e tal, Ana Gabriela encontrou alguns *bem* diferentes.

Você já viu isso, Ana?
Quem esse menino pensa que é?
Coisa de quem não tem mais o que fazer, só pode!
É por isso que ninguém gosta dele!
Precisamos falar na diretoria já!
Você conhece esse cara?
Apaga isso logo, Ana!
Por que a gente não faz um abaixo-assinado pra expulsar ele da escola?
Juan: você tá na minha lista!

4.

Longa tarde

    A tarde passava vagarosa para Marcelo que, fechado em seu quarto, fazia uma das tarefas da escola. Melhor dizendo, tentava fazer. A mesma distração da hora do almoço, observada com o talher sobre o prato, era facilmente notada agora com a caneta. Para lá e para cá, rodando sobre o caderno pouco escrito, as linhas praticamente em branco. Ele só não sabia se poderia chamar isso de distração.

    Pela manhã, Mateus chegara com a novidade logo que colocara os pés dentro da classe. Fora atirando a mochila sobre a carteira, virando-se eufórico para Marcelo:

    — Já vi tudo, Marcelo.

    Marcelo ainda não acordara direito a ponto de lembrar-se do que ele e Mateus haviam conversado no dia anterior.

— Tudo o quê, Mateus?

— O ônibus, ora essa! Eu e a minha mãe já vimos o preço, o horário, tudo. Eu ia te mandar uma mensagem ontem à noite, mas acabei me enrolando com outras coisas. Cara, nós vamos ver os Astecas!

— Fala baixo, Mateus! — Marcelo deu uma rápida olhada ao redor. Por sorte, a classe estava praticamente vazia, o sinal acabara de tocar e os alunos ainda estavam entrando entretidos com os próprios assuntos.

— Fala baixo, por quê? — perguntou Mateus, no maior pouco-caso.

— Você sabe por quê.

Mateus não deu bola. Estava feliz demais para ficar dando ouvidos às encucações do Marcelo. Continuou:

— Então, vai falar com seus pais?

— Vou, claro — o amigo respondeu. — Só não sei se eles vão deixar.

— Ah, vão sim! Minha mãe já deixou, ela conhece o pessoal que tá organizando a excursão, um deles é amigo de infância, parece. Enfim, tudo certo. Certíssimo!

Marcelo deu um suspiro, já não se mostrava tenso. Disse:

— Puxa, vai ser um show e tanto, já pensou?

— E como! A gravação do DVD da banda em São Paulo, não dá pra perder! Estamos só a uma hora e pouco de distância! Se fosse no Rio, em Porto Alegre, Belo Horizonte...

— Agora vai ser mais fácil — Marcelo deduziu, entusiasmado. — Minha mãe não ia me deixar pegar um ônibus e ir pro Rio de Janeiro.

— Nem avião.

— Muito menos.

— Certeza.

Silvana pôs o material na carteira ao lado. Bolsa, livros e cadernos fizeram um barulho proposital. Entrou no meio dos dois, sorridente:

— O que é que vocês estão tramando, hein?

— Tramando? — perguntou Marcelo. — Quem disse que a gente tá tramando alguma coisa?

— A cara de vocês é quem disse.

— É assunto nosso, Silvana — respondeu Mateus, sério.

Mas Silvana continuou com a mesma voz doce de antes.

— Humm... Deve ser alguma coisa muito sigilosa...

— Só é sigilosa pra você — cortou Marcelo, ríspido o bastante para fazer o tom de voz da menina mudar. E o sorriso desaparecer.

— Que grosso você é!

— Não vem se fazendo de vítima, não, porque todo mundo te conhece.

— Conhece? Conhece o quê? Alguma vez eu te fiz alguma coisa, Marcelo? — mirou o outro. — Ou então pra você, Mateus?

Os amigos se entreolharam. Disseram juntos:

— Não.

— Aí! Viram só? Nunca fiz nada e me tratam assim, desse jeito estúpido!

Silêncio.

— Não têm argumentos nem pra se defenderem!

Silêncio ainda. Marcelo e Mateus resolveram não esticar mais a conversa. Essa era boa. A Silvana se fazendo de vítima, bancando a amiga. Como se os dois não a conhecessem bem desde outros anos em que estudaram juntos. Como se nunca tivessem visto a menina aprontando com as outras colegas. Vítima? Estava mais para culpada, isso sim.

Silvana perdeu o interesse na discussão, ou na falta dela, e foi para fora da sala aguardar a chegada das amigas. Se esses meninos não queriam a sua amizade, não seria ela a insistir. Imaturos, era o que achava deles. Aliás, era o que pensava de todos os outros garotos daquele nono ano. Um bando de criancinhas que ainda não tinha crescido.

Nesse momento, Marcelo lembrou-se:

— E os ingressos, Mateus?

— Bom, isso a gente vai ter que se virar. Quando começarem as vendas pelo *site*, a gente compra.

— E será que a gente consegue? Lembra lá no Rio? Os ingressos se esgotaram logo nas primeiras horas.

— Nem que eu acorde às quatro da manhã! Durmo em cima do computador se for preciso!
— Eu acordo!
— Eu também, lógico! Vale a pena o sacrifício.
— Se vale!

No quarto, no meio daquela tarde monótona, caderno e caneta abandonados de lado havia tempo, Marcelo deitado na cama com as pernas esticadas, os pés cruzados, os braços enfiados por debaixo do travesseiro e os olhos lá no alto, a cabeça voando, ele se fez a mesma pergunta mais de uma vez:
Vale?
Não soube responder.

5.

Recado

Ana Gabriela apagou o recado que havia gerado tantos protestos dos amigos e saiu do computador. Chorou, até cansar. Algumas amigas ligaram, disseram palavras de conforto, de solidariedade, que não ficasse assim, não no dia do seu aniversário. Não iriam sair à noite para comemorar? O pai, a mãe e algumas amigas? Tinha de se acalmar. Mas como sair à noite com a cara que estava, aquilo não passaria nunca, nunca! Ana Gabriela queria morrer.

Levantou-se da cama e foi até o espelho grande, que ficava em uma das paredes do quarto. Olhou-se. Estava horrível. Os cabelos castanho-claros num embaraço só, a cara vermelha e inchada, o rosto amassado. Doído. Doía tudo tão lá dentro que nem saberia dizer direito onde.

De shorts e camiseta da escola ainda, prestou atenção em seu corpo. Virou-se para cá e para lá. Estava tão gorda assim? Será que alguém achava mesmo que ela tinha aquele corpo horroroso da foto?

Quem teria visto o maldoso recado? Muita gente, pouca gente... Quem? Um milhão de pessoas, isso sim! Que vergonha, que vergonha!

Ana Gabriela saiu da frente do espelho e outra vez atirou-se de bruços na cama. Chorou de novo. Os olhos ardendo. Que presente de aniversário. Que presente.

Nunca mais esqueceria aquilo.

Nunca mais.

Ana Gabriela, Ana Raquel, Ana Cláudia, Ana Maria, Ana Luísa... São tantas as Anas no mundo, qual a diferença? Será que você é mais estúpida, mais boba, mais se achando? Ah, sim. E tem mais uma coisa. Olha só:

Logo abaixo, a foto de uma barriga imensa, provavelmente copiada de uma propaganda, dessas que mostram o antes e o depois de alguma espécie de regime milagroso. Só a barriga, sem o rosto da possível personagem, tampouco o restante do corpo.

Juan era o autor do recado.

Juan era o autor das ofensas.

Juan.

Juan!

Tinha ódio quando se lembrava da cara dele, quem ele pensava que era? Alguma beldade em pessoa? Dirigir-se a ela dessa maneira? Justamente ela que o aceitara como amigo. E por pena! Pena, sim! Isso é o que dá querer ajudar as pessoas, isso é o que dá querer ser boazinha. Era o fim! Nunca mais ajudaria ninguém, nem pensaria nos outros, em qualquer outro! Só em si mesma. Só.

Estúpida... Estúpida, sim, mas por ter caído nessa cilada, pura armação. Primeiro, ele pediria a sua amizade, o maior jeito de amigo leal; depois, quando fosse adicionado, a detonaria perante seus amigos, humilhando-a bem no dia de seu aniversário. Bem nesse dia! Tudo havia sido premeditado. Toda a maldade. Toda a falta de respeito, de consideração.

Somente no final da tarde Ana Gabriela ligou o computador novamente. A mensagem já fora apagada, o Juan excluído, mas ainda assim sentia medo. Era como se alguma coisa ruim pudesse estar ali, aguardando-a dentro da tela daquele computador. Um fantasma? Quem sabe.

Seu irmão estava *on-line*. Nem ligou a *webcam*, ninguém veria a sua cara amassada, não mesmo.

Tomás:	*Happy Birthday, dear sister!* Olha só, seu velho irmão, mesmo longe, não se esqueceu de você!
Ana Gabriela:	Obrigada.
Tomás:	Cadê a *webcam*, Ana?
Ana Gabriela:	Tá quebrada.
Tomás:	De novo?
Ana Gabriela:	É.
Tomás:	Puxa, como é que você consegue quebrar tanta coisa desse jeito, hein?
Ana Gabriela:	☹
Tomás:	Tá tudo bem aí?
Ana Gabriela:	Tá.
Tomás:	Nem parece seu aniversário hoje! Tô te achando meio desanimada.
Ana Gabriela:	É que eu acordei agora, tô dormindo ainda...
Tomás:	Ah... E as novidades?
Ana Gabriela:	Nenhuma.
Tomás:	Vai fazer o que hoje?
Ana Gabriela:	Comer pizza.
Tomás:	Que delícia!
Ana Gabriela:	Ô.
Tomás:	Tem certeza de que tá fazendo aniversário?
Ana Gabriela:	Já disse. Tô dormindo ainda.
Tomás:	Ana, vou ter que sair agora. Você demorou pra entrar, não posso ficar mui-

to tempo no computador, você sabe. O pessoal do intercâmbio acha que isso atrapalha meus estudos de inglês. Português somente umas poucas horinhas por semana e só.

Ana Gabriela: Tá com saudades daqui, Tomás?

Tomás: Tô, sim.

Ana Gabriela: Se eu pudesse, trocava de lugar com você.

Tomás: Quando tiver a minha idade, você diz pro pai e pra mãe que quer fazer intercâmbio também. Fala já, assim eles vão guardando dinheiro.

Ana Gabriela: Eu não quero fazer intercâmbio com dezesseis anos.

Tomás: Com treze é que não dá, né, Ana! Vai ter que esperar um pouco.

Ana Gabriela: Eu não quero fazer intercâmbio, Tomás. Eu quero me mudar pra sempre. É isso o que eu quero.

6.

Sozinho nesse barco

Quando o barco afundou, apenas tábuas de madeira encontravam-se jogadas sobre a superfície, simplesmente tábuas.

Agarrou-se a uma delas, a maior, e tentou subir. Escorregou. Tomou alguns goles de água salgada. Salgada. Então, era mar.

Olhou tudo ao redor e não entendeu como havia ocorrido aquela explosão. Tudo voando pelo céu azul de repente e depois caindo, caindo. Mas um barco desse tamanho? Transformado num monte de sujeira? Como poderia? Quem é que estava no comando, afinal? E o que é que ele fazia ali? Sozinho? Sem tripulação alguma? Justo ele que morria de medo de ficar sozinho, justo ele. Por acaso seria o piloto desse

31

barco? Provocara o acidente por pura falta de experiência? Ou fora de propósito? A questão era que nada disso importava agora. Porque só havia uma coisa a se pensar naquele momento: sobrevivência.

Nadou e nadou até o pedaço de madeira novamente, do qual já se afastara um bocado a essa altura. Uma última braçada alcançou-o. Agarrou-o firme dessa vez. Bem firme. Não iria escorregar de novo, ah, não iria mesmo. Respirou fundo algumas vezes, repousou a cabeça sobre a madeira como se ali houvesse um travesseiro quente e macio. Fechou os olhos. Enxergou estrelas.

Foi-se erguendo com cuidado, até conseguir deitar a barriga em cima daquela tábua que, nessa hora, servia-lhe como prancha.

Conseguiu. Dobrou o joelho direito e com muito custo impulsionou a mesma perna para cima. Parece que tinha ficado mais fácil agora. Ou menos difícil. Deu outro impulso, jogando-se por inteiro sobre a madeira. Dessa vez, conseguiu.

Movimentou os braços, uma braçada após a outra, permanecendo deitado até encontrar a melhor onda que o levasse dali.

Mas essa melhor onda veio muito maior do que imaginava e por isso girou a prancha com tamanha violência, fazendo-o rodar junto e cada vez mais rápido. Muito rápido. Teve a sensação de estar sendo centrifugado por uma lavadora de roupas. Rodando. Pernas para cima, para baixo, sua cabeça mal subindo para respirar. Girava tanto, mas tanto, que um pânico profundo acabou por tomar conta dele por completo. Vozes começaram a surgir instantaneamente, estranhamente, dizendo-lhe, berrando em meio àquele mar revolto: "Medroso!". E tudo seguia girando. "Medroso!" Ainda, ainda. "Medroso! Medroso! Medroso!"

Num repente, Marcelo puxou o ar com a máxima força, quase engasgando, não com a água do mar, claro, mas com a própria saliva. Nesse mesmo instante o seu corpo dobrou-se, pondo-se sentado, assustado, na cama. Respirou de novo e de novo. Várias vezes no mesmo ritmo acelerado, descompassado, o suor quase pingando da testa — e nem era dia de calor.

Até que o ar foi chegando sem tanta pressa.

Suavemente.

Então, acendeu a luz.

Olhou tudo.

Seu quarto. Seus móveis. E o sonho com o barco, ele sozinho no meio daquele mar.

E conforme Marcelo ia montando as cenas na sua cabeça, cada tábua aparecendo-lhe como restos de uma profunda destruição, aquela palavra também vinha junto. Palavra ouvida, escrita, luminosa, decorada, jamais apagada.

7.

O boliviano

— Eu odeio você! Odeio, odeio, odeio!
— ¿Cómo?
As duas mãos de Ana Gabriela bateram tão firmes sobre a carteira de Juan, que um lápis e uma borracha voaram direto ao chão. Os olhos verdes da garota faiscavam, enquanto Juan permanecia estático, mirando a menina brava como uma fera. Só mirando.
— É isso mesmo, boliviano! — reforçou Marília, amiga de Ana Gabriela.
Ele resolveu abrir a boca:
— No comprendo...
— E para de falar errado! — irritou-se Ana Gabriela. — Você tá aqui no Brasil e não lá na Bolívia, seu tonto! Se não sabe falar direito, volta pra lá, pro lugar de onde nunca devia ter saído!

— Que é que você quer, hein, *Juanito*? — zombou Marília. — Não é assim que a professora de Geografia te chama? Juanito? Pois o Juanito aí ó, tá por um triz, entendeu?

— Ele não entende o que é "por um triz", Mari — disse Laís, a outra amiga que acompanhava Ana Gabriela.

— Ah, entende, sim! Quando minha mãe fala isso, eu entendo muito bem!

Ana Gabriela deu um último aviso:

— Você nunca, nunca mais volte a falar comigo, entendeu?!

— Muito menos comigo! — disse Marília.

Laís determinou a mesma coisa um segundo depois.

— Tá acontecendo alguma coisa aqui? — perguntou Pedro, que nesse instante entrava na classe acompanhado de seu amigo Gustavo. Estranhou toda aquela movimentação em volta da carteira do Juan, o garoto boliviano que havia entrado na escola no começo do ano.

— Tá acontecendo que... — Laís ia explicar, entretanto Ana Gabriela tocou-lhe o braço, reprimindo-lhe a fala.

— Nós já resolvemos, né, Laís?

Pedro olhou para Juan com ar de superioridade. E foi dessa mesma forma que o apontou, só com a cabeça:

— Na certa, ele aprontou alguma. Não mexe com as meninas da nossa classe não, viu, Bolívia? Senão, já sabe.

— É isso aí — reforçou Gustavo. — Já sabe.

Juan continuou calado. As garotas se foram e depois, num curto espaço de tempo, Pedro e Gustavo fizeram o mesmo.

Enquanto dirigiam-se aos seus lugares, Marília perguntou:

— Por que você não disse a verdade pros meninos, Ana?

— De jeito nenhum! E se eles não viram o recado e a foto? Aí vão ficar falando, falando... Não quero nem pensar!

— Tá certo. Mas não chora mais, viu? Pode ter certeza de que aquele menino não volta a te importunar.

— Isso mesmo — concordou Laís. — Viu só a cara dele? Ficou apavorado. Nunca mais vai fazer o que fez com ninguém.

— É, Ana. Desmancha essa cara de tristeza.

A menina deixou escapar um suspiro pesado. Confessou:

— É que... Eu tô morrendo de vergonha. E se a classe inteira viu aquilo?

Marília tentou consolá-la:

— Claro que não. Você apagou rápido.

Pausa.

— Vocês acham que eu tô gorda mesmo?
— Ora, que besteira! — disse Marília. — Só faltava agora você acreditar nesse babaca.
— Tira isso da sua cabeça, você é linda! — elogiou Laís.
— Também não exagera, vai.
— Não é exagero, Ana! É verdade! E para de se preocupar com besteira.

Ana Gabriela sentou-se, as amigas sentaram-se também, e o professor de Ciências foi entrando. Ana Gabriela tirou o material de sua bolsa, colocou sobre a carteira, mexeu em mais alguma coisa e olhou para trás.

Juan já tinha apanhado o lápis e a borracha do chão e no momento abria o caderno. De olhos baixos, virava uma folha, depois outra, distraidamente. Ao erguer o rosto, flagrou o olhar de Ana Gabriela. A garota ficou desconcertada, completamente desconcertada, isso não era para ter acontecido de jeito nenhum.

Mas o constrangimento mesmo — Ana Gabriela admitia — foi principalmente por ter sentido alguma coisa muito estranha quando os olhos de ambos se cruzaram e ela foi obrigada a encarar o garoto por alguns segundos.

Não era ódio o que sentia. Era algo que não sabia explicar. Talvez o motivo dessa estranheza tenha sido uma pergunta surgida nesse instante, tal qual uma semente jogada em terra fértil...

"Mas deveria ser ódio", pensou, tentando reavivar a qualquer custo toda a mágoa sentida. Ah, não poderia deixar escapar aquele sentimento de rancor.

Deveria, sim. Só ódio.

8.

Pátio

Quando o pátio ficou completamente tomado por adolescentes, todo mundo estranhou. Todo mundo os inspetores de alunos e os professores, estes últimos já se preparando para retornar à sala de aula após o sinal.

Não que o pátio não fosse um ponto de encontro comum na hora do intervalo. Que não ficasse o tempo inteiro com gente passando, gente parada, gente rindo, gargalhando, discutindo. Discussões dos mais variados tipos. Sobre gostos diferentes, por exemplo. Gostos que agradam alguns, mas desagradam outros. Que apaixonam alguns, mas provocam aversão em outros. Loucura ou asco. Alegria ou dissabor. Amor ou ódio. E tantas e tantas outras contradições...

Assim era quando se falava nos Astecas.

— É a pior banda que já existiu!
— Até parece! É a melhor, a mais original!
— Original? Rá-rá-rá. Tudo copiado daquelas bandinhas fajutas dos Estados Unidos!
— Não vem, não! Os Astecas são muito nosso, tá ligado?
— Supernosso! Com um nome desses? Vai pesquisar pra descobrir quem foram os Astecas!
— Não preciso pesquisar nada porque eu já sei, tá? A banda tem esse nome por causa do Enrique, o baterista, que é filho de mexicanos, seu ignorante!

De um lado, como se estivessem prontos para o confronto final, os fãs da banda. Do outro, os que simplesmente a detestavam. Por que não um meio-termo? Isso era o que todo mundo, todo mundo os inspetores de alunos e os professores se perguntavam.

Mas havia uma pessoa que não estava nem do lado de cá, nem do lado de lá. Afastado do miolo efervescente.

Enquanto Mateus defendia com unhas e dentes seu ponto de vista, e a sua defesa era justamente a defesa dos Astecas em si, Marcelo se encontrava um pouco mais além. Observava tudo aquilo de longe, pensativo. Ele é que não iria se meter. Não ali, pelo menos. Nem mesmo pensava em fazê-lo mais tarde, se Mateus não tivesse falado o que não deveria.

— Fique sabendo, Hugo, que as letras das músicas dos Astecas ganham disparado de qualquer outra banda brasileira. Você é que nunca prestou atenção.

— Não tenho tempo a perder.

— Sabe como chama isso? Preconceito.

— É verdade, é verdade! — gritaram alguns, ao lado de Mateus.

Os amigos de Hugo contestaram:

— Não é preconceito! É que eles são ruins mesmo! Não tocam nada!

— Tocam sim! — afirmou Mateus, certo do que dizia. — Se não tocassem, não fariam o sucesso que estão fazendo. Vocês falam isso porque não aceitam esse crescimento rápido da banda. Os caras são novos e são bons. Tanto que vão gravar o DVD no show em São Paulo. Vai uma galera comigo assistir, quem quiser, tá convidado!

— Nem morta! — desdenhou Silvana. — Pra mim, nem são homens de verdade, são um bando de...

Mateus ficou bravo:

— Bando do que, Silvana? Do quê? Veja muito bem o que vai falar!

— Tá defendendo aquelas gracinhas, Mateus? Olha lá, hein? Não vai se comprometer também...

— Você tá querendo dizer o quê, Silvana? O quê?

A garota virou o rosto, deu uma esnobada. Muito típico dela fazer isso. O nariz empinado, o olhar de cima para baixo.

Mateus já falava com outra pessoa quando Silvana avistou Marcelo entre os demais alunos. Ela encarou aquele garoto bonito, os cabelos quase pretos, os olhos grandes, expressivos, e deu um sorriso irônico, marcante, tão característico seu. Apontou Marcelo com o indicador, o braço movendo-se devagar algumas vezes. Mexeu os lábios exageradamente, dizendo alguma coisa que ele entendeu como: "E você? Vai?".

Marcelo fez que não era com ele e deu as costas, imediatamente dando um passo. Trombou com a professora Ariadne, de História.

— Desculpa, professora!

— Não foi nada. Acho melhor a gente subir, não? A inspetora já está chamando os alunos, tentando apagar esse princípio de incêndio — Ariadne riu. Marcelo também.

E foram seguindo juntos.

— Me diz uma coisa, Marcelo. Por que vocês brigam tanto por causa de bandas? Isso é uma coisa que eu realmente não entendo. Não dá para cada um viver em paz com seu próprio gosto?

— Eu não brigo com ninguém — respondeu o garoto, rapidamente. — Nem gosto de banda nenhuma.

— Ah, não? Estranho... Na sua idade eu tinha minhas bandas preferidas, e também uns pôsteres, é assim que se diz hoje em dia?, na parede do meu quarto. Ainda tenho as minhas preferências, claro, porque eu adoro música. Sei lá, acho que ela nos traz tanta coisa boa... Você vai ouvindo, ouvindo, dali a pouco não pensa em mais nada, em nenhum problema... só na música. Parece que ela penetra na alma.

— Bom...

Ariadne parou de caminhar e olhou para seu aluno, decidida:

— Vou te emprestar uns CDs.

— Ah, eu...

— Não pode um garoto da sua idade não gostar de música, onde já se viu.

— Eu não disse que não gosto de música.

Ela meneou a cabeça.

— É verdade. Isso você não disse... Mas eu te empresto alguns dos meus CDs preferidos mesmo assim. Você ouve e depois me fala o que achou, combinado?

Diante do entusiasmo de Ariadne, Marcelo fez cara de quem não poderia recusar. Só respondeu:

— Tá bom, então.

E os dois entraram na sala vazia.

O pátio ainda se encontrava do mesmo jeito. Confuso.

9.

O menino do 8º andar

A simples presença da mão foi capaz de deter a porta e fazê-la recuar. O garoto do lado de dentro apenas deu uma olhada, curioso para saber quem subiria. Atitude bem diferente de Ana Gabriela, que foi logo abrindo um sorriso, achando aquela coincidência muito mais do que uma simples coincidência. Pura sorte, diria às amigas depois. Sorte por ter encontrado o Diogo no elevador.

Subiram três andares rápido demais, não deu tempo de puxar qualquer assunto por mais bobo que fosse. Chove hoje? Que calor, não? Nada. Por que não poderia morar no oitavo andar, no mesmo em que ele? Cinco andares a mais certamente seriam muito mais propícios para fazer surgir algum assunto. Não era boa para inventar textos, diálogos, a vida inteira seus professores não falaram isso? Por que razão não conseguia inventar qualquer diálogo decente quando ficava perto do Diogo?

Motivo um, de acordo com seu próprio julgamento: o Diogo era o garoto mais lindo do prédio.

Motivo dois: o Diogo era três anos mais velho.

Motivo três: a essa altura, Ana Gabriela já estava com a mão na maçaneta da porta de seu apartamento e, por conseguinte, sem tempo suficiente para continuar buscando um terceiro motivo. Dissera um tchau, sem muita certeza — ah, como queria acreditar que sim! — de que ele lhe teria respondido.

Tudo bem, pensou. Vai ver não ouviu. Houve um barulho esquisito nessa hora, um ruído estranho, será que o elevador estava com algum problema? E se parasse tudo, de repente? Uma pane, um *blackout*, um... O Diogo, então, chegaria mais perto, ou ela é que chegaria, não importa a ordem. O importante é manter-se calma nessas horas, tranquila, mas o coração bate tão e tão descompassadamente! Meu Deus! Como é que o Diogo podia ser tão lindo?

Ana Gabriela fechou a porta do apartamento, encostou-se nela deixando cair todo o seu peso e suspirou, apaixonada.

— Lindo...

Se não precisasse ir e voltar de van todos os dias, quem sabe momentos assim ocorressem com mais frequência. Diogo tinha a mãe que levava e buscava da escola e, dessa forma, chegava muito antes de Ana Gabriela. Por que não pedia uma carona, já que estudavam no mesmo colégio? Mas assim, sem conhecer direito a pessoa? Ainda se as mães fossem amigas...

Por que não poderia morar no oitavo andar também?

Lembrou-se até de um poema lido na escola, certa vez. Na verdade, era um livro de poemas, entre eles um que dizia: "no último andar é mais bonito... é lá que eu quero morar...". Cecília Meirelles estava coberta de razão.

— Droga. Cinco andares me separam do meu lindo amor...

Ana Gabriela foi até a cozinha, esquentou sua comida, almoçou, colocou uma música e começou a lavar a louça.

A água escorria, o sabão encharcava, e a menina pensando.

A água escorria, o sabão encharcava, e a menina pensando.

— Estranho... — disse em voz alta.

Tirou o sabão do prato, fez o mesmo com os talheres, o copo, e pôs tudo no escorredor.

Molhou a pia, deu uma passada de rodinho para tirar o excesso de água, pegou um guardanapo que estava ao lado e enxugou as mãos. Ficou encostada no armário segurando o guardanapo mais tempo que o necessário, bem mais. Amassava de um lado, amassava de outro, o pensamento amassando junto, voando, voando.

— Como é que o Juan me escreveu aquilo tudo sem um errinho de Português?

10.

Telefonema

— Liguei pra saber se ainda tá bravo.
— Bravo? Eu?
— E não?
— Não tô bravo, Mateus. Só porque eu falei que você não devia ter aberto pra todo mundo que a gente ia no show?
— Vai no show.
— Que seja.
— Que é que tem, Marcelo? Tem hora que você encana com umas coisas... E daí os caras saberem que a gente vai? Você acha o quê? Que eles vão furar o pneu do ônibus na saída?
— É claro que não.
— Ainda bem. Achei que essa sua maluquice já estivesse passando dos limites.

— Não é maluquice não, Mateus! Para de falar assim também!

— Tá legal. Desculpa.

Pausa.

— Não gosto de me meter em confusão, só isso.

— E quem é que se meteu em confusão, Marcelo?

— Eu não. Mas você...

— Só porque eu disse o que pensava?

— Só porque você gosta de causar polêmica.

— É o meu ponto de vista, não é polêmica. Não tenho o direito de dizer o que eu penso? Sou obrigado a ficar quieto quando os outros estão dizendo um monte de besteiras com que eu não concordo? Sou obrigado a pensar igual a todo mundo?

— Ah, Mateus! Depois você fala que não gosta de uma polêmica...

— Marcelo. Aprende uma coisa. Falo isso porque sou seu amigo, senão eu nem falava nada e pronto.

— Falava o quê?

— Você precisa aprender a defender o que pensa. E que se danem os outros!

— Ah, as coisas não são bem assim, não! É só estudar um pouco de História pra você saber o que é que aconteceu com aquelas pessoas que defendiam o que pensavam a qualquer custo. Não preciso nem te falar que você já sabe.

— Os tempos são outros, Marcelo.

— Será? Não sei. Todos os dias os jornais, a internet e sei lá mais quem publicam alguma barbaridade. Vai me dizer que não existe mais discriminação, preconceito... todo mundo vive num conto de fadas agora?

— Marcelo, esse seu jeito vai acabar fazendo você viver num também.

— Num o quê?

— Conto de fadas.

— Você tá zoando com a minha cara?

— Se você prefere fingir o que pensa e o que não pensa, se você prefere não viver a sua realidade, é porque tá dentro de uma fantasia qualquer. Num desses contos de fada que você acabou de falar.

— De onde é que você tirou uma besteira dessas, Mateus?

— Da minha cabeça. E não é besteira.

— Toda essa discussão porque eu disse que você não devia ter falado do show com aqueles imbecis.

— Toda essa discussão porque você não quer assumir que gosta de uma banda que tem um monte de gente que odeia.

— E daí? Isso é problema meu.

— Concordo. Só que tem uma coisa: hoje estamos falando dos Astecas, e amanhã? Vai ser o quê?

— Vou lá saber?

— Pensa nisso. Melhor começar a assumir o que pensa. Seus ideais, cara.
— Você vai ser político, Mateus? Tá falando igual.
— E político fala em ideal?
— Às vezes.
— Na maioria das vezes só fala. Olha, quer saber? Esquece. Esquece porque senão a gente vai acabar brigando de verdade.
— Mateus, não fica me pondo nas suas polêmicas, que eu não quero saber de confusão pro meu lado. Eu curto os Astecas, curto conversar com você sobre eles e mais um montão de assuntos, cara, mas a gente não precisa ficar fazendo polêmica, discutindo com aquela cambada de idiotas que acha tudo uma porcaria. Pra quê? Isso não leva a nada. Nada, entendeu bem?

11.

Dúvida cruel

No intervalo daquela manhã, Ana Gabriela relatou às amigas o que havia pensado no dia anterior. Marília e Laís foram logo discordando. Que absurdo.

— É claro que foi ele, Ana! Tá com dó do menino agora, depois de tudo?

— Não é dó, Mari. É que... sei lá! Ele mal fala português, como é que ia conseguir escrever tudo aquilo sem um errinho?

— E alguém não pode ter escrito pra ele? — cogitou Laís.

— É lógico, Ana! — Marília reforçou a ideia.

— Mas quem? Vocês viram agora há pouco. O Juan passou por nós sozinho, acho que nem fez amizade com ninguém! Aliás, foi por causa disso que eu aceitei ele como amigo, que tonta! Bom... quer dizer... Ah! Nem sei mais! Tô confusa.

— Presta atenção, Ana — falou Marília, segurando em seu braço com firmeza. — Foi o Juan e ponto. Ele deve ter pedido pra alguém escrever. E esse alguém nem precisa ser da escola, pode ser da turma dele, boliviano também, vai saber? A professora de Geografia não disse que vivem mais de 200 mil bolivianos nesta cidade? É praticamente uma cidade inteira de bolivianos morando aqui em São Paulo! Por que é que não pode ser um deles? Pensa que é todo mundo que nem o *Juanito* — Marília afinou a voz ao pronunciar o apelido —, que não sabe falar direito ainda? Tem gente que sabe melhor do que nós, pode apostar!

Ana Gabriela apertou os lábios, movendo lentamente a cabeça algumas vezes.

— Não sei, Mari... Então, por que essa sensação esquisita que eu tô sentindo não passa? Olho pra ele e me sinto mal...

— Hã?! Você tá brincando, né?

— Não. Sinto como se tivesse alguma coisa errada nessa história. Lembro do maldito recado, olho pra cara do Juan, fico imaginando a cena, e não combina, vocês entendem? Não combina. Não consigo enxergar o Juan escrevendo aquilo.

Marília e Laís ficaram em silêncio.

— Além disso — Ana Gabriela continuou, — por que alguém mandaria uma mensagem desse tipo se a gente consegue logo identificar o autor? Geralmente não é anônima?

— Vai ver é porque ele não se importa em ser descoberto — Marília deduziu.

Ana Gabriela ficou quieta, pensando.

— Não faz sentido.

Laís concordou:

— É, isso não faz mesmo. Ainda mais porque ele mal chegou na escola, deve estar se sentindo um peixe fora d'água, seria muito tonto se quisesse arrumar encrenca desde já.

— Estão vendo? — falou Ana Gabriela — Você entendeu bem o que eu quis dizer, Laís. É por isso que as coisas não batem! Por isso!

— Olha, vocês querem saber o que eu acho? — perguntou Marília. — Acho que a gente tá perdendo tempo discutindo sobre esse menino. Não tô a fim de ficar falando de um cara insuportável como aquele. E não venham me perguntar por que insuportável, é insuportável e pronto. Ele tem cara de bonzinho, mas conheço bem esse jeito fingido. Bobo de quem acredita nessas pessoas que se fazem de santas! Eu avisei pra você não adicionar ele, Ana, mas você não me ouviu! Agora fica querendo achar desculpas pro que ele fez. Sem essa! E vamos mudar de assunto, por favor! Me fala mais do Diogo. Conseguiu encontrar com ele depois daquela hora?

Ana Gabriela deu um suspiro, balançou a cabeça. Bem que esse gesto poderia servir para espantar tanto pensamento embaralhado também.

— Não — respondeu, um desalento na voz. — Quando deu umas cinco da tarde eu desci, talvez o Diogo descesse também pra fazer qualquer coisa, levar o cachorro pra passear, sei lá. Fiquei rodeando pra cá, pra lá, o seu Nílson até me perguntou: "tá esperando alguém, Ana?" Que coisa, viu! Tem hora que esse seu Nílson é tão intrometido! "Não, seu Nílson, tô respirando um ar." "Ah... hoje tá calor mesmo... Pode ser que chova mais à noitinha." Que útil essa conversa, vocês têm noção? O caso é que acabei sem graça de ficar feito uma boba lá embaixo e resolvi subir. Quem sabe encontrasse ele de novo no elevador? Cruzei os dedos! Cruzei... Nada. Vazio. Insuportavelmente vazio! Ai, eu ando tão azarada!

— O Diogo é lindo mesmo... — disse Marília. — Bonito como ele só o Luca, dos Astecas.

— Nem me fale! — concordou Laís, um ar sonhador. — Vocês já resolveram se vão no show?

— Pedi pra minha mãe, mas ela ficou de pensar — respondeu Ana Gabriela. — Disse que eu sou muito nova pra isso. Imagine!

— Fala pra ela que vai uma galera da nossa idade, se ela por acaso não sabe.

— Já falei, Mari. Já falei! — Ana Gabriela suspirou — Mas tudo bem, ela vai acabar deixando, podem ter certeza! Não perco esse show por nada!

— Ai, ai... ver o Luca cantando, de pertinho... Que lindo que ele é! — novamente a mesma Laís sonhadora. — Pena que não mora em São Paulo.

— Mas o Diogo, sim — lembrou Marília. — E no seu prédio, Ana! Sortuda! Queria morar lá também.

— Pra quê? Nunca encontro com ele! Mais fácil a gente se ver aqui na escola.

— Com todas essas meninas do Ensino Médio babando em cima? — perguntou Laís. — Difícil, hein?

As três suspiraram ao mesmo tempo.

— Difícil mesmo — concordou Ana Gabriela.

— A gente não tem a menor chance — disse Marília.

— Nenhuma — Laís bateu o martelo.

12.

Every breath you take

The Police, Led Zeppelin, Blitz, Paralamas do Sucesso, Pink Floyd, Legião Urbana, RPM, Queen, Dire Straits, Barão Vermelho e os Titãs encontravam-se esparramados sobre a cama, no quarto de Marcelo. Eram virados e revirados ao toque de quatro mãos.

— Cara, não acredito que a Ariadne te deu todos esses CDs!

— Emprestou. E disse pra eu cuidar direitinho porque ela tem o maior xodó por eles. Foi assim mesmo que ela falou, Mateus. O maior xodó.

— Mas, do nada ela resolveu te emprestar tudo isso?

Marcelo meneou a cabeça.

— Mais ou menos. Sabe aquele dia da discussão no pátio sobre os Astecas? Então. Ela disse que tinha várias bandas preferidas e tal e que eu precisava conhecer. Não pedi nada, ela já foi oferecendo. E quando ela me entregou esses CDs, também me contou uma história.

— Que história?

— Sabe esta música que tá tocando? É do The Police, desse CD aqui — mostrou um CD em cima da cama, Mateus pegou para ver. — Disse que começou a namorar o marido dela ouvindo esta música. Parece que foi em 1986.

— Faz tempo, hein?

— Pois é. Aí quando casou, quis que tocasse.

— No casamento?

— A-hã.

Mateus deixou o CD do The Police e continuou a mexer em todas as demais caixinhas. Olhava demoradamente para uma, lia o nome das músicas e de algumas informações, depois deixava de lado, pegando outra.

Claro que ele e Marcelo conheciam algumas das bandas, principalmente as nacionais. Mas nem um nem outro era ligado em qualquer uma delas. Ultimamente, o que fervia na cabeça de ambos era outra bem diferente.

Marcelo tirou de cima da cama a caixinha do CD sobre o qual estavam conversando. "A cada suspiro seu", fez uma livre tradução do título da música que tocava. E ficou imaginando a Ariadne entrando de noiva ao som do The Police. A canção era romântica, sem dúvida, mas assim mesmo achou que não combinava muito. A Ariadne deveria ter mais de 40 anos, era professora de História, só falava de assunto sério, importante, sempre que chegava à classe tinha alguma notícia para comentar. Vocês viram isso, leram aquilo?

Mas ela não tinha essa idade quando se casou, Marcelo refez seu pensamento nesse instante. Teria de imaginar a cena de um outro jeito, sob um outro foco, uma Ariadne talvez duas décadas mais jovem... Mesmo assim era estranho.

— Nunca pensei que a Ariadne gostasse de rock — falou Marcelo.

— Nem eu.

— Esquisito, né?

Silêncio.

— O que você acha de falar pra ela do show dos Astecas? — perguntou Mateus.

— Tá maluco?

— O que é que tem?

— A Ariadne nem sabe que eu vou ao show, Mateus, ela só me emprestou esse monte de CDs porque... bom, sei lá por quê. Não tem nada a ver convidar a Ariadne pro show, esse é o caso.

O amigo fez uma cara pensativa. Depois concordou:

— Tá legal, acho que não tem mesmo... Procura aí na internet o vídeo da tal música do casamento. Fiquei curioso agora, quero ver os caras tocando.

Marcelo foi até a escrivaninha onde ficava o computador. De repente, Mateus bateu a mão na cabeça, como quem acaba de se lembrar de algo muito importante.

— Puxa, eu já estava esquecendo de te falar um negócio!

Marcelo digitou o endereço do site e girou a cadeira para trás, Mateus ainda sentado na cama junto aos CDs.

— Que negócio?

— A Rádio Max vai dar 10 ingressos pro show dos Astecas e quem ganhar vai poder entrar no camarim, tirar fotos exclusivas, pegar autógrafo, essas coisas. Não é demais, cara?

— Puxa! E o que é que a gente tem que fazer?

— Criar uma frase respondendo à pergunta: qual a maior loucura que você faria para ver os Astecas?

— Humm... Acho difícil esse negócio de frase. Eles vão receber milhões delas.

Mateus deu de ombros.

— Ah, a gente tenta. Uma tem que ganhar, não tem? Quer dizer, dez. Dez sortudos, puxa vida!

— É... — Marcelo voltou a cadeira para a frente. — Ah! Achei o vídeo. Vem cá.

13.

Celular

Ana Gabriela não soube logo que chegou à escola. Demorou um pouco, ainda teve de atravessá--la inteira, corredor por corredor, até chegar dentro da classe.

E foi nessa hora que todos os seus passos, todas as imagens vistas durante o percurso portão-sala de aula foram rapidamente capturadas e trazidas à memória como em uma retrospectiva:

Em frente ao colégio, na calçada, duas meninas olhavam o celular de uma delas. Quando viram Ana Gabriela foi como se tivessem tomado um susto, o semblante das duas mudou completamente de um segundo para outro.

No corredor, dois garotos da sala vizinha, cada qual com seu celular na mão. Riam. Riam a valer.

Olharam para Ana Gabriela, balançaram a cabeça e continuaram achando graça.

Dentro da classe, Pedro e Gustavo com a mesma atitude suspeita, suspeitíssima! Aquilo tudo já começava a ficar pra lá de estranho.

Ana Gabriela pôs seu material sobre a carteira, o coração batendo forte já, Pedro e Gustavo se aproximando, e a certeza de que alguma coisa estava realmente acontecendo. Todo mundo olhando para ela, todo mundo? Por quê?

Foi Pedro quem perguntou:

— Já viu isso aqui, Ana? — e esticou o braço, mostrando-lhe o celular.

Ana Gabriela tomou o aparelho das mãos do colega e imediatamente sentiu o sangue ferver em seu rosto.

— Quem te mandou isso? — ela perguntou, completamente atônita.

— Mandaram — Pedro respondeu. — Pra mim e pra uma porção de gente, pelo menos.

— Mas eu apaguei essa porcaria, eu apaguei!

— Alguém copiou antes e resolveu te sacanear.

Ana Gabriela deixou o aparelho sobre a mesa e saiu correndo. Atravessou o corredor, o pátio, cada pessoa que via com o celular na mão lhe trazia a certeza de que aquele gesto ocorria por causa dela. Tinha sido escolhida para virar a piada da manhã. Do dia, quem sabe do ano!

Entrou no banheiro, bateu a porta, mas por que é que não trouxera o material consigo para ir embora de uma vez? De que adiantava ficar no banheiro? Como sair dali, depois de tudo? Se pudesse pegar aquele Juan agora... Como é que tudo aquilo poderia ter tomado tamanha proporção, como?

— Ana! Você tá aí? — Marília bateu à porta, poucos minutos depois. Fora avisada sobre a amiga no momento de sua chegada à classe.

— Não!

— Saia daí, Ana. Vamos conversar.

— Me faz um favor, Mari? Busca meu material, eu vou embora e é já!

— Não vai embora coisa nenhuma! Vamos na diretoria. Eu já te disse isso antes, você tem que entregar esse cara, Ana Gabriela!

— Que cara?

— Como, que cara? O Juan!

— Foi o Juan que espalhou aquela foto com meu nome?

— Sei lá se foi o Juan! Mas foi ele que começou tudo isso, esqueceu? Vamos. Saia daí.

— Não vou sair coisa nenhuma! Pega meu material.

Laís apareceu:

— Ela tá aí, Mari?

A amiga balançou a cabeça. Laís fez uma tentativa:

— Ana, você não pode ficar aí a manhã inteira.

63

— Eu não vou ficar aqui a manhã inteira, Laís. Eu vou embora, já disse, vou pra casa. Pega meu material, se você quer me ajudar.

Laís olhou para Marília.

— Que é que a gente faz?

— Por mim, entregava esse cara na diretoria.

Ana Gabriela abriu a porta com tudo. Fez barulho quando o trinco bateu no azulejo. Olhou para as duas, decidida:

— Tudo bem. Se vocês não querem me ajudar, não me ajudem, então. Eu busco sozinha! — e passou por elas, feito um furacão.

Acontece que as coisas não ocorreram como Ana Gabriela planejara. Não mesmo. Ao voltar à classe, a professora Arlete, de Geografia, já estava lá dentro. Que azar, Ana Gabriela pensou, que azar. Ela não poderia ter se atrasado um pouco, um pouquinho só? Parecia que nada estava conspirando a seu favor nos últimos dias.

Entrou sem dizer nada. Pegou seu material sobre a carteira, aproximou-se da professora e falou:

— Não tô passando bem, preciso voltar pra casa.

— O que aconteceu?

— Tô com febre. Meu rosto não tá vermelho? Então.

A professora ia tocar a testa da menina, quando ouviu de lá do fundo da sala:

— É mentira. Ela tá assim por causa daquele cara ali — Juan foi apontado. A classe inteira olhou, o maior silêncio. Juan também era todo silêncio.

Ana Gabriela fechou os olhos, respirando fundo. Que Pedro mais linguarudo! Que raiva! Tinha vontade de torcer o pescoço dele!

— Como é que é? — Arlete quis saber.

Marília chegou mais perto da carteira de Laís. Cochichou:

— Agora é que não vai adiantar nada mesmo. Falaram com a pessoa errada.

— O que foi que aconteceu? — Arlete insistiu, preocupada.

— Não aconteceu nada — Ana Gabriela respondeu. — Esse menino tá inventando.

— Não tô inventando, não — Pedro levantou-se, indo à frente da sala onde estavam a professora e sua colega. — Dá só uma olhada neste celular, Arlete.

Ana Gabriela piscou demoradamente outra vez, cobriu o rosto com as mãos.

A professora pegou o aparelho, Pedro continuou falando:

— Foi o Juan que mandou isso pra Ana Gabriela. Esse menino mal chegou e já tá arranjando encrenca.

Surpresa, Arlete olhou para Juan:

— Foi você quem fez isso, Juan?

Ele balançou a cabeça, negando. Disse:

— No tengo celular.

Pedro contestou:

— Ele pode não ter mandado a foto pelo celular, mas foi ele que postou na internet.

— Tampoco tengo computador.

— Me dá uma raiva quando esse menino não fala direito! — Marília disse alto, para todos ouvirem. Queria só ver se a Arlete iria defendê-lo depois dessa. Vir com aquela história de Juanito. Que raiva tinha desse Juanito!

— Arlete, não deviam ter colocado o Juan na nossa classe — falou Gustavo. — A gente tinha uma classe unida até o ano passado e agora ele estragou tudo.

— É isso mesmo! — de novo a Marília. — Por que não colocam ele na outra?

— Ou então que mudem ele de escola — sugeriu Pedro. — Seria melhor pra todo mundo.

Começou aí um zum-zum-zum, a professora Arlete precisou intervir:

— Pessoal, espere um pouco! Vocês nem deram chance pro Juan se defender!

— Se defender do quê? — disse um outro aluno. — Ele não tem como se defender. Eu também recebi essa imagem, todo mundo já tá sabendo que foi ele.

— E ninguém precisa ter computador em casa pra fazer isso — concluiu ainda um outro.

— Pelo visto, vocês já julgaram e condenaram o Juan — falou Arlete.

Marília chegou perto de Laís outra vez.
— Eu não disse que o Pedro foi abrir a boca pra pessoa errada?
— Chiu, Marília! Vai acabar sobrando pra nós!
— Ah!
Ana Gabriela tomou parte, as lágrimas quase, quase escapando:
— Professora, isso tudo tá me deixando mais constrangida ainda, eu só quero ir embora pra minha casa, por favor!
Arlete respondeu:
— Ana, existe uma outra maneira para se resolver isso.

* * *

O playground do prédio era um lugar deserto que, fechados os olhos, poderia muito bem ser imaginado como qualquer outro canto silencioso no mundo. Apenas alguns poucos ruídos, quase nada. Barulho de passarinho nas árvores, uma buzina de carro ao longe, uma voz vinda de algum apartamento lá no alto. Uma paz. Era um lugar bom de ficar, às vezes. Mas só quando estava assim. Vazio.
Sentada em um dos balanços, a cabeça encostada numa das correntes que prendiam o assento, Ana Gabriela olhava para o nada. Os pés que tocavam a

terra, uma terra batida por causa do passa-passa das crianças, empurravam o balanço para a frente e para trás, para a frente e para trás, num ritmo tão vagaroso quanto o próprio pensamento. Era um bom lugar para pensar, às vezes.

A professora Arlete lhe fizera uma porção de perguntas na sala da coordenadora. Esta última também. E agora Ana ficava remoendo cada uma delas, tentando digerir. O almoço também não tinha descido lá muito bem. Estava tão angustiada que comida nenhuma nesse mundo poderia lhe parecer apetitosa. Nada lhe era apetitoso. E aquele buraco continuava no mesmo lugar: no fundo do estômago.

— Onde está esse recado, Ana Gabriela? — foi a primeira pergunta que a coordenadora fez. E a menina achou a pergunta mais sem cabimento, mais fora de propósito, pois, por que é que alguém imaginaria que esse recado ainda pudesse existir? Iria deixá-lo eternamente em sua página para todo o restante do planeta ler? Ora essa. Quando se livrara dele, achara que o problema estivesse resolvido, ou pelo menos quase resolvido. Fora tão rápida! Mas, não. Não.

— Apaguei, é lógico! — ela respondeu o que lhe parecia tão óbvio.

— Não deveria — a coordenadora Jussara disse.

— Como, não? É que vocês não leram o que estava escrito. Acham que eu ia deixar aquilo na minha página? Aquela desmoralização?

— Poderia ter apagado, Ana — a professora Arlete mostrou-se compreensiva. — Mas precisava tê-lo copiado antes para que o verdadeiro autor fosse descoberto. Há meios para se rastrearem essas mensagens, ninguém pode escrever o que bem entende e ficar imune às consequências.

A garota manteve-se calada durante um instante. Olhou para uma, depois para a outra.

— Vocês acham que não foi o Juan?

Arlete balançou a cabeça querendo dizer que não acreditava na possibilidade, a coordenadora teve a mesma atitude.

— Assim que a Arlete me contou o que aconteceu — disse Jussara —, tentei acessar a tal página do Juan. Foi por isso que demorei um pouco para chamá-la aqui, estava tentando encontrar algum fato novo que nos ajudasse a resolver esse mistério.

— Mistério.

— É. Mistério.

— E o que você achou?

— Nada. Porque a página simplesmente desapareceu. Alguém usou o nome do Juan, a foto dele, abriu uma conta, criou um perfil e depois apagou.

— Mas, então, quem foi? Quem é que faria uma coisa dessas comigo? Eu não consigo imaginar, nunca tive problemas com ninguém, eu não entendo! — pausa. — Será que a gente não consegue descobrir agora? Tem a imagem gravada no celular das pessoas.

69

— Isso eu não sei, já que foram retransmitidas diversas vezes — a coordenadora opinou. — Não dá para saber se a pessoa que começou a enviá-la foi a mesma a postar o recado na sua página. Pode ser que sim, pode ser que não.

— É, Ana — concordou Arlete. — A Jussara tem razão.

— Então, não tem jeito! — desabafou Ana Gabriela. — Vão ficar fazendo isso comigo a vida inteira e nunca ninguém vai descobrir!

Jussara tocou o braço da menina.

— Sinceramente, eu não acredito nisso, Ana. Talvez você nem receba mais nada e essa história acabe aí. Mas, caso continue recebendo, não se esqueça: copie tudo antes de apagar. É muito importante, é a prova de que precisa. Em contrapartida, nós vamos conversar nas classes, fazer uma reunião com os alunos e avisá-los de que estamos de olho em atitudes desse tipo.

Ana Gabriela fez que sim. Mas foi um sim sem muita convicção, automático quase. Estava pensativa, tentando avaliar o que as duas lhe diziam.

De que adiantava a coordenadora falar para a escola inteira que não podia isso, não podia aquilo, se bastaria atravessar o portão para que tudo acontecesse? Poderiam proibir o uso do celular, poderiam proibir o que quisessem, mas isso seria suficiente para acabar com recados maldosos, montagens de fotos, perfis falsos e tantas e tantas outras coisas? Quem é que poderia dar conta de situações como estas?

Ana Gabriela retomou uma parte da conversa:

— Jussara, se você acha que não fizeram isso pra me atingir diretamente...

— O alvo é o Juan, Ana Gabriela. O Juan.

14.

Na portaria

    Quando dona Lila passou pelo seu Nílson na portaria do prédio, ela estava tão feliz, mas tão, que foi logo lhe contando tudo, no maior entusiasmo.
— Que coisa boa, né, dona Lila?
— Nem me fale, seu Nílson! Nunca imaginei que eu voltaria a estudar algum dia, estou adorando a ideia. Adorando! Isso é melhor que... que cortar o cabelo e dar uma mudada na cara!
Seu Nílson riu.
— A senhora passa muito tempo sozinha, agora vai poder arrumar um passatempo.
— Não é porque eu fico sozinha, seu Nílson. É para aprender mesmo, não tem coisa melhor na nossa vida do que aprender. Deixa a gente mais jovem.

— É... Não sei se a minha cabeça ainda é muito boa pra isso. Tô meio velho já.

— Seu Nílson. O senhor é bem mais novo do que eu!

O porteiro deitou a cabeça em direção ao ombro, pensativo. Aí falou:

— Sabe o que eu queria mesmo, dona Lila? Voltar pro Recife. Ver a minha mãezinha que ficou lá.

— Recife? Puxa vida! O senhor conhece o Gilberto?

— Gilberto...? — ele coçou a cabeça.

Gilberto era o amigo de dona Lila, lá de Recife. Havia mais de um ano que se correspondiam, desde que se conheceram pela internet, através de uma rede social. Foi onde trocaram ideias, descobriram gostos semelhantes, discutiram sobre assuntos que lhes interessavam, viram-se por fotos. E nada mais.

Dona Lila era divorciada, tinha um único filho, Murilo, que já se casara e lhe dera um neto, atualmente com sete anos. Murilo via com tremenda má vontade essa história da mãe. Não aprovava de jeito nenhum.

— Mãe, você abre o olho.

— Abre o olho, por quê?

— Fica conversando com gente que nem conhece. E se o cara é um malandro?

— E qual é o risco que você imagina que eu esteja correndo?

Murilo riu, irônico.

73

— Você está brincando?

— Não.

— Mãe, você não vê televisão, não lê jornais, as notícias?

— Claro que eu leio.

— Então?

— O Gilberto me parece uma ótima pessoa.

— Parece...

— É uma amizade, filho!

— Que pode virar uma coisa mais séria.

— Ah, seria bom.

— Mãe! Você já é avó, esqueceu?

— E daí?

— E daí?!

— Então, eu não posso conhecer mais ninguém na minha vida só porque eu sou avó? O que uma coisa tem a ver com a outra? Ou será que você fala isso só porque ele é mais novo?

— Ainda essa?

— O Gilberto tem 58, só três anos a menos que eu.

Murilo deu um suspiro.

— Mãe. Por que você não arruma um curso pra fazer? Tem tanto hoje em dia! Umas coisas bonitas, pra enfeitar a casa.

— Ah, isso tem mesmo.

— Então?

— Vou fazer faculdade.

— Faculdade? Não era bem nisso que eu estava pensando...

— Está vendo como a gente não pensa a mesma coisa? Não adianta, filho. Nossa cabeça é diferente. A sua é de velho, a minha não.

— Mãe!

— Ué...?

Essa coisa de faculdade fora ideia do Gilberto. Ele mesmo acabou estudando mais tarde, depois de adulto. Concluiu o Ensino Fundamental, o Médio e já tinha quase quarenta anos quando fez a faculdade de Turismo. E era com o turismo que trabalhava em Recife desde aquela época.

E de tanto bater na mesma tecla, literalmente bater, de tanto falar sempre a mesma coisa todo santo dia, foi que a cabeça da dona Lila foi ficando com uma espécie de ideia fixa. Dormia e acordava pensando nisso. Faculdade, faculdade, faculdade.

Foi até a universidade, viu os cursos que eram oferecidos, a grade curricular e adorou tudo, tudo mesmo! Quanto tempo perdido, quanto tempo, ela pensou. Assim foi. Fez a sua matrícula bem nesse dia que conversava com seu Nílson.

— Que besteira a minha — disse dona Lila, diante da cara confusa do porteiro em relação à sua pergunta sobre o Gilberto. — Imagine, uma cidade daquele tamanho! Me diz uma coisa, seu Nílson. Recife é um lugar bonito?

— Ah, dona Lila... É muito lindo. Lindo de morrer.
— E por que o senhor saiu de lá, então?
— Vim atrás de um irmão meu. Sabe como é. A gente vai aonde tem emprego. Todos os meus irmãos tão aqui em São Paulo. Tenho também uma irmã no Rio. Outra em Minas, esta eu não vejo desde... — seu Nílson esfregou o queixo com o polegar e o indicador, olhou para cima. — Puxa, sabe que eu nem sei?
— Quantos irmãos o senhor tem?
— Sete comigo. Cinco homens e duas mulheres.
— Família grande.
— Pois é. Tenho dó da mãezinha que ficou lá. Mas o que é que eu vou fazer? A gente enjoou de falar pra ela vir pra cá, mas a danada é teimosa que só vendo. Não quer saber. Diz que a terra dela é o Recife e vai ficar lá até morrer.
— Tem gente que é assim. Cabeça-dura. Conheço alguém igual desde que nasceu... Bem, o papo está bom mas eu tenho que subir. Preciso conversar com certa pessoa que vai ficar felicíssima com a minha novidade! Até logo, seu Nílson!
— Até logo, dona Lila.

15.

Sorte

— Puxa, Ana! Você é sortuda mesmo! Vê se agora para de falar aquelas besteiras que nada dá certo na sua vida, tá?

Ana Gabriela deitou a cabeça, deu um sorriso de lado, satisfeita. Muito mais que satisfeita. Estava era feliz da vida! Que sorte mesmo, nem fale. A única coisa de que precisava no momento era falar com a sua mãe, que por enquanto não sabia de nada. Sem problemas. Estava certa de que ela não iria se opor.

Tudo bem, Laís tinha razão. Dali para a frente, não falaria mais que a sua vida andava uma porcaria. Mesmo tendo a certeza que sim. Ora essa, como andava.

Mas, refletindo melhor agora, cedo ou tarde, naturalmente, algo teria de começar a mudar. Algum fato novo, um acontecimento inesperado, qualquer coisa por menor que fosse acabaria surgindo. Não há mal que dure para sempre, não era assim que a sua mãe costumava falar?

Só diz isso quem não sente na pele o que Ana Gabriela sentiu.

A escola estava estranha. Jussara dera ordens proibindo o uso do celular, proibindo intrigas, discriminações... Como é que alguém consegue proibir uma discriminação? Pois é. A Jussara achava que conseguiria. Para ela estava claro que se tratava disso em relação ao episódio envolvendo Ana Gabriela e Juan.

Mas nada disso impedia Juan de continuar sozinho. De forma alguma. Na classe, no intervalo, na saída, ele sempre estava sozinho, sempre.

Poucos dias depois da conversa com a coordenadora Jussara e a professora Arlete, Ana Gabriela falava com seu irmão, pela internet. Nada de muito especial, ele contava sobre a sua escola, como de costume, e também sobre uma festa fantástica que fora naquela semana com os amigos da sua classe. Tinha se divertido a valer.

Ana Gabriela: Que legal, hein, Tomás! Você é que aproveita a vida!
Tomás: E você não aproveita, por quê?
Ana Gabriela: Eu não disse que não aproveito. Só que por aqui não acontece nada de bom faz tempo!

Tomás: Ou é você que anda muito enjoadinha...

Ana Gabriela: Que graça... Eu tô do mesmo jeito de sempre.

Tomás: Mais mimada agora, que é filha única.

Ana Gabriela: Até parece!

Tomás: Sei não...

Ana Gabriela: Você fez muitos amigos aí, né?

Tomás: Fiz. Quer dizer, mais ou menos. Tenho alguns bem próximos, fazemos os trabalhos, saímos juntos, essas coisas. Vou sentir falta deles, daqui a três meses já tô voltando pra casa.

Ana Gabriela: Ahn...

Tomás: Por que tá me perguntando isso? Brigou com alguma amiga?

Ana Gabriela: Não. Só tava pensando... E no começo? Como foi quando você chegou?

Tomás: Isso você já sabe. Difícil como todo começo.

Ana Gabriela: Você foi discriminado?

Tomás: Discriminado?

Ana Gabriela: É. Por ser brasileiro.

Tomás: Claro que não. Sou intercambista, as escolas já estão acostumadas a receber alunos de outros países.

Ana Gabriela: Ahn...

Tomás: Nossa, que papo sério, hein? Que é isso? Alguma pesquisa pra escola?
Ana Gabriela: Exatamente.
Tomás: E o que mais você precisa saber?
Ana Gabriela: Se você fosse pobre seria a mesma coisa?
Tomás: Hã?
Ana Gabriela: Se você chegasse com a sua família aí de mala e cuia, como diz a mamãe, se precisasse ter deixado o seu país porque lá faltava tanta coisa, mas tanta mesmo, e ter caído de paraquedas nessa escola; seu pai e sua mãe procurando emprego, ninguém falando direito uma língua que não é a sua, a que você aprendeu desde que nasceu e que agora vai ter que aprender outra na marra, você acha, Tomás, que teria sido discriminado? Teria?

16.

Sorte, porém...

Por mais que Marcelo quisesse esconder, a escola inteira ficou sabendo numa velocidade supersônica. Que infortúnio! Estava todo mundo querendo comemorar uma coisa que ele não queria.

Marcelo não tinha vencido nenhum campeonato esportivo, não tinha sido o artilheiro do time, muito menos o ganhador da loteria. Mas tinha ganhado o ingresso. O ingresso para assistir ao show dos Astecas, em São Paulo. Com direito a autógrafos, fotografias etc. e tal. Dava para acreditar que o pessoal da rádio tinha escolhido justamente a sua frase? Dava?

Sorte.

Porém...

— Pelo amor de Deus, Marcelo! Desmancha essa cara de enterro! Cara, você ganhou o ingresso pro show! Sabe lá o que é isso?

— Sei. Agora todo mundo vai ficar me enchendo.
— Enchendo? Eles vão é ficar morrendo de inveja! Aliás, já estão. Até eu! — Mateus riu.

Marcelo não. Pôs a mão na testa, apoiando o cotovelo sobre a carteira, e continuou com o rosto fechado, sisudo. Todos já tinham saído da classe, menos os dois.

Mateus começou a achar que aquilo estava realmente ficando sério. Não era para o amigo estar dando pulos de alegria? O pior é que nem poderia se oferecer para ir no lugar dele, se fosse o caso. Bem que seria legal. Já que você não quer, Marcelo, eu vou no seu lugar, eu vou. Mas não. A Rádio Max tinha falado uma palavra que estragava tudo: intransferível. Como é que ela poderia ter colocado uma regra boba dessas para um show como o dos Astecas?

Mateus pôs a mão no ombro do amigo.

— O que é que tá acontecendo com você? Não faz sentido todo esse drama.

Marcelo moveu a cabeça de um lado para o outro, ergueu o rosto.

— Mateus, você não percebe que os caras vão ficar zoando com a minha cara?

— Por que você ganhou um ingresso pra ir num show superconcorrido?

— Tá vendo! Você não entende, não adianta explicar.

— Do que você tem medo, Marcelo?

— Medo? Eu não tenho medo de nada.
— Não parece.
Marcelo ficou um instante em silêncio. Depois, retomou:
— Quando mandei a frase pra rádio, eu estava completamente envolvido pelo som do Mark Knopfler.
Mateus fez uma cara de interrogação.
— É o vocalista do Dire Straits. Também guitarrista, toca pra caramba, depois eu te mostro. Até falei pra minha mãe sobre o curso de violão que eu tô a fim de fazer, eu te contei, tá lembrado? Sabe quando você ouve uma música e essa música vai lá no fundo, tão lá dentro... tanto que chega a doer. Cara, parece que tem uma coisa no peito te revirando inteiro, uma sensação maluca. Ouvi "Brothers ins arms" e senti isso. "Em meio ao medo e ao pânico vocês não me desertaram. Meus companheiros de batalha."
— E o que é que isso tem a ver com os Astecas?
— Com os Astecas nada, mas com a frase sim. O Mark me inspirou. Me deu uma força. De repente, eu queria defender a banda de todos os ataques, lutar contra esses caras que só sabem ficar difamando, a banda e nós!, seus fãs. Meus companheiros de batalha. Vamos lutar! Lutar por aquilo em que acreditamos!
Mateus estava abismado. Conhecia Marcelo desde o 6º ano e nunca o ouvira falando assim.
— A música diz isso? Vamos lutar...

— Não, não. Isso foi o que eu senti quando ouvi a música. Foi muito forte, sabe? Por isso a frase. "Pelos Astecas, eu lutaria até o fim" — Marcelo deu um suspiro. — Não sei como a Rádio Max gostou disso, pior, não sei por que eu enviei isso pra Rádio.

Os dois ficaram em silêncio por algum tempo. Mateus dobrou um dos braços, apoiou o outro cotovelo nele e pôs a mão no queixo. Ficou pensando. Depois de um tempo, disse:

— Mas tem um duplo sentido essa sua frase, talvez tenha sido esse o motivo da escolha.

— Que duplo sentido?

— Lutar pelos Astecas pode fazer a gente pensar no povo Asteca também, que não teve chance de sobreviver. Morreu pela ganância dos outros. Vai ver foi isso.

— Não sei... Só sei que agora tô nessa — Marcelo suspirou. — Eu não sou assim, Mateus, nunca tive essa força, muito pelo contrário. Detesto me envolver nessas polêmicas, não quero lutar por nada, só quero levar a minha vida em paz. Em paz! O pessoal fica metido no meio dessa briga besta, os Astecas são isso, os Astecas são aquilo, você mesmo me contou o absurdo que a Silvana disse: "aqueles caras nem são homens de verdade" — Marcelo pôs um tom de deboche na voz. Que raiva tinha dessa Silvana!

— É só não dar bola e pronto!

— Fácil falar.

— Você tem medo de ser julgado, comparado... o quê?

— Não é medo, eu não tenho medo!

— Humm...

— Melhor a gente parar com esse papo — Marcelo levantou-se da cadeira, resoluto. — Vamos embora, Mateus. Passou da hora.

17.

Azul

Era tudo tão límpido e azul, que os olhos até ardiam por causa do reflexo da água. Que bonito. Enxergava ondas. Delicadas ondas. Mas não. Era a própria luz do sol que batia na superfície e provocava essa ilusão.

Marcelo poderia ficar horas absorto diante dessa beleza azul, a imaginar ondas, a sentir um cheiro não tão bom, é verdade, mas que já se acostumara tanto que nem fazia mais a menor diferença. Gostava do azul, era sua cor preferida desde pequeno.

Acontece que as pessoas foram chegando, lotando o espaço, atrapalhando com seus barulhos todas as percepções de Marcelo. Um zum-zum-zum de vozes insuportável.

Daí aconteceu que o azul não estava mais tão azul e as ondas não eram mais tão calmas. Pelo contrário.

Tornaram-se irrequietas, agitadas ao máximo, o que acabou deixando a água completamente turva. Agora já não havia mais reflexo algum, muito menos transparência.

Prestou atenção naquelas cordas flutuantes que divisavam as águas em oito partes. Eram compridas, intermináveis. Marcelo olhava o começo e o fim. O começo e o fim. E se nunca chegasse ao outro lado? E se não se salvasse?

Foi nesse momento que de flutuantes as cordas passaram a rastejantes. Deixaram a água turva naquele rebolado tão característico das serpentes e foram buscando o piso devagar. Devagar. Buscando os tornozelos de Marcelo!

Estático, o menino não se mexia, apenas olhava para baixo, para os pés descalços, a pele arrepiada de medo. Medo! Pudera, oito serpentes se aproximando de seus pés, oito serpentes enredando os seus dois tornozelos!

Marcelo queria gritar, mas a voz não saía. E as serpentes já se enrolavam em suas pernas, tronco e braços, só o pescoço mantendo-se fora da espiral. Até quando?

Subitamente, Marcelo caiu.

Completamente dominado, ficou estirado no chão, duro, olhando para aquele céu azul acima dele, o dia claro de sol, uma cena que não combinava nem um pouco com aquele clima de terror.

Todos viam. Mas ninguém fazia nada. Ninguém!

As serpentes arrastaram-no para dentro d'água. Os pés foram os primeiros a sentir a água gelada. Os tornozelos, as pernas, os braços e a cabeça vieram depois. Marcelo foi descendo, descendo, escorregando ao fundo liso. Satisfeitas, as serpentes desenlaçaram o corpo do menino e voltaram à posição anterior. Num minuto, já cumpriam novamente o papel de divisor de águas. Marcelo estava livre. Livre, no fundo.

Abriu os olhos. Sentiu-os arder. Piscou forte uma vez e olhou para cima. Deu uma braçada, bateu os pés, indo em direção ao alto. Nadava, nadava, percebia a luz do sol, mas nunca, nunca conseguia chegar. Quando pensava estar próximo da superfície, quando pensava que logo, logo poderia respirar enfim, em poucos instantes percebia que ainda se encontrava longe, no fundo. As braçadas pareciam mesmo intermináveis.

Até quando isso? Nadar até quando?

Estava cansado.

Cansado.

* * *

Juliana achou estranho. Ao se levantar para beber água, passando em frente ao quarto do irmão, escutou uns ruídos esquisitos. Abriu devagarzinho a porta e enfiou a cabeça dentro do quarto. Intuitivamente, diminuiu o tamanho dos olhos, na tentativa de enxergar no escuro.

O reflexo da luz do quarto da menina fez com que Marcelo a reconhecesse através da penumbra. Perguntou, meio dormindo, meio assustado:

— Que foi?

— Nada — Juliana respondeu. — Quer dizer, você tava falando, por isso abri a porta.

— Falando? Falando o quê?

— Não escutei.

Marcelo deitou de lado. Reclamou:

— Você me acordou, Juliana!

A menina foi fechando a porta devagar. No mesmo instante, Marcelo chutou o lençol e voltou a ficar de barriga para cima.

— Lembrei! — ele disse. Juliana tornou a abrir a porta. — Eu estava sonhando.

— Sonho legal?

Marcelo balançou a cabeça.

— Acho que não.

— Humm... Então foi bom eu ter te acordado.

— Foi.

— Eu tô indo na cozinha, quer água?

— Você traz?

— A-hã.

Quando Juliana voltou, Marcelo já estava sentado na cama, a luz do abajur acesa. A irmã se aproximou e esticou o braço, entregando-lhe o copo:

— Deixa aí, depois você leva.

Ao dizer isso, Juliana deu meia-volta, saindo. Marcelo perguntou-lhe:

— Você costuma se lembrar dos seus sonhos?

A menina parou onde estava. Virou-se.

— Às vezes.

— Tem algum que você sempre sonha, quer dizer, mais ou menos igual?

— Humm... — Juliana fez uma cara pensativa. — Sabe quando o vovô morreu? Eu fiquei sonhando com ele durante uns bons tempos.

— Ah, é?

— Sonhava que brincava na casa dele, bagunçava umas coisas, levava bronca, depois ele me pegava no colo, depois eu destruía as plantinhas dele com a rodinha da bicicleta, você lembra que eu treinava no quintal da casa dele? Foi lá que eu tirei a primeira rodinha, ficava me equilibrando, caía nas plantas... aí levava bronca. Acho que de sonho assim, repetido... É. Acho que só esse mesmo. Por quê? Você sonha igual?

— De vez em quando.

— Com o quê?

— Com água.

— Sonha que tá tomando banho, seu porco?

— Fedida!

— Fedorento!

Marcelo fez uma careta. Quando parou de rir, Juliana perguntou:

— O que é que você sonha?

— Que eu não consigo sair da água. Nado, nado e não consigo sair.

— Humm... — a menina ficou séria. — Tenho uma amiga que tem um livro que fala dos significados dos sonhos. Quer que eu pergunte pra ela?

— Deixa de ser boba, Juliana. Eu não acredito nessas coisas.

— Então, tá. Vou dormir.

— Agora que você me acordou, vai ser difícil eu pegar no sono outra vez!

— Mas não foi bom eu ter te acordado? Senão ia ter que ficar nadando, nadando até amanhã cedo. Haja fôlego!

— Como é que você consegue fazer piada a essa hora da madrugada?

— Eu tenho bom humor, meu querido, a qualquer hora do dia ou da noite. Não sou igual a você, mal-humorado!

— Some daqui, Juliana!

A menina mostrou a língua e saiu, fechando a porta.

18.

Ingresso

— Explica direito essa história, mocinha.
— Eu já não expliquei?
— Não.
Ana Gabriela soltou um suspiro.
— Eu ganhei o ingresso, mãe. Ganhei. Você não vai mais precisar pagar, entendeu?
— Mas a gente não tinha combinado que eu ainda iria pensar? Pensar, Ana?
— Sim. E eu estava esperando. Mas aí as meninas todas resolveram participar, então...
— Então, você deveria ter me pedido.
— Pedido pra escrever uma frase? Pra participar de um concurso que eu teria uma chance em um milhão de ganhar?
— E não ganhou?

— Puxa, mãe. Acho que agora eu vou acreditar nesse negócio de concurso quando alguém me falar. Vou mandar torpedo pra tudo quanto é propaganda de margarina, pasta de dente...
— Não mude de assunto, Ana!
— Não tô mudando, mãe. É serio.
— Humm. E agora?
— Agora o quê?
— Como é que fica?
— Fica que eu ganhei um ingresso pro show dos Astecas, vou ver de pertinho aquele gato do Luca, cantar todas as músicas junto com ele... Ai, ai... Mãe, você já viu algum ídolo seu assim, ao vivo?

Mônica pensou um pouco.

— Acho que não.
— Então, você nem imagina quanto isso é importante pra mim?
— Imaginar, eu imagino, Ana Gabriela. Mas ainda acho que você é muito nova...
— Vai um monte de gente da minha idade, eu já te disse isso! As meninas vão. Tudo bem, só eu vou entrar no camarim, elas vão ter que me esperar lá fora, mas eu prometi pegar um autógrafo de todos os meninos da banda pra elas também. Ai, mãe! Vai ser demais, demais!
— Tudo bem, Ana. Tudo bem. Quando estiver chegando mais perto a gente volta a conversar.

— Mas você já deixou, né?

Mônica respirou fundo, foi balançando a cabeça, fechando os olhos.

— Tá, Ana. Deixei.

— Eba!!! — Ana Gabriela agarrou-se ao pescoço da mãe e lhe deu um beijo estalado no rosto.

Foi correndo até o quarto, ligou o computador para conversar com as meninas, contar que a mãe tinha deixado, finalmente. Puxa! Ela bem que estava merecendo que alguma coisa boa acontecesse em sua vida! Bem que estava!

Quando ia acessar sua página, de repente sentiu um sobressalto. Parou na metade do caminho feito alguém que está prestes a pisar em terreno minado. Uma bomba estaria pronta para explodir tão logo desse o próximo passo, assim que um dos seus pés alcançasse o chão? Quer dizer, seus dedos tocassem o teclado?

Aquela mensagem de vez em quando lhe surgia como se fosse mesmo um fantasma. Não adiantava, aparecia sem aviso prévio querendo assustá-la, intimidá-la, o que é que poderia fazer? Sempre junto, infinitas dúvidas.

Haveria outro?

Alguém invisível estaria ali, aguardando-a para dar o bote tal qual ela fosse uma presa fácil? Estaria?

Não.
Tudo na mais perfeita paz.

* * *

Rede social

Oi!
Eu me chamo Ana Gabriela, sou de São Paulo e tenho 13 anos. Procurei seu nome aqui depois que a Rádio Max divulgou a lista dos ganhadores do concurso. Aliás, procurei o de todos, mas por enquanto só achei o seu e o de uma menina, a Bianca. Já escrevi pra ela também. Que sorte a nossa, né? Quer me adicionar como amiga?
Ana Gabriela.

* * *

Oi, Ana Gabriela!
Tenho 14 anos e moro em Itatiba. Fica a menos de uma hora e meia daí, não é tão longe. Vai ser legal falar com você. Tá adicionada!
Marcelo.

19.

Antes da aula

Ana Gabriela entrou na classe e foi até a sua carteira deixar o material. Colocou a mochila na cadeira, abriu o zíper, conferiu se não tinha esquecido o livro de Literatura. Estava lá, ainda bem. Fechou o zíper e olhou para o fundo da classe. Juan, de cabeça baixa como sempre, rabiscando qualquer coisa em seu caderno.

Ana Gabriela pensou um pouco.

Hesitou um pouco.

E foi até lá.

— Oi.

Juan ergueu a cabeça.

— Hola.

— Você conhece os Astecas?

— Sí.

— Gosta?

— Sí.
— Ahn...
Silêncio.
— Eles tocam lá na Bolívia? Quer dizer, vocês escutam os Astecas lá? Você não, claro, as outras pessoas. Elas escutam?
— Creo que no.
— Ahn...
Silêncio.
— Alguém anda te importunando?
— ¿Cómo?
— Importunando. Como se diz lá na sua terra?
— Tierra?
— Não! Eu sei que "terra" é "tierra", eu quero dizer "importunar". Como se diz "importunar"?
— ¿Molestar?
— Por que você tá perguntando pra mim se é molestar, eu é que vou saber?
Juan ficou calado por um instante.
— ¿Quieres saber se alguien me molesta?
Ana Gabriela fez uma cara pensativa.
— Acho que sim. Tem alguém te molestando aqui?
— A veces.
— E o que é que eles fazem?
Juan ficou olhando para ela. Ana Gabriela lembrou-se de uma palavra que Juan sempre dizia. Achou que ele deveria entender melhor se mudasse a forma da pergunta:

— Como? Como eles te molestam?

O garoto demorou um pouco para responder.

— Me hacen enredar los pies, me hacen caer mis cosas, mi lanche... Es "lanche" que se dice?

— Sí — Ana Gabriela riu ao dar a resposta. Juan também. — Como se diz "lanche" em espanhol?

— Es "merienda".

— Merienda... Faz sentido.

— Muchas palabras hacen sentido.

— Verdade — pausa. — Só não faz sentido uma coisa, né, Juan?

Ele ficou esperando a menina completar o pensamento. Mas Ana Gabriela não completou.

— ANA GABRIELA!

A menina girou o corpo para trás rapidamente, tomada pelo susto.

— Ana Gabriela, você quer fazer o favor de vir aqui?

Ela voltou-se para o garoto:

— Tchau, Juan. Depois a gente conversa mais, tá?

— Tá.

Ana Gabriela foi até a carteira de Marília. A garota estava em pé, os braços cruzados numa postura de cobrança.

— O que é que você estava fazendo lá na carteira do Juan?

— Conversando, o que mais poderia ser?

Marília foi puxando Ana Gabriela pelo braço e as duas foram saindo da sala. Ana parou assim que alcançaram o corredor. Retraiu o ombro e se livrou da mão da amiga. Ficou brava.

— Que é que há, hein, Marília? Me puxando assim, feito uma doida!

— Eu não acredito que você estava conversando com aquele cara que te esculhambou pela internet!

— Você sabe muito bem que não foi ele, Marília! Já foi provado isso!

— Ah, é? E como, você pode me dizer? Que eu saiba ninguém provou absolutamente nada!

— Pra mim tá provado. Quer prova maior de que ele mal fala português?

— Isso não prova nada.

— Prova, sim. Ele não tem amigos pra mandar alguém escrever pra ele. Marília! Para de ser cabeça-dura!

— Eu não sou cabeça-dura! Cabeça-dura é você!

— Por que você detesta o Juan tanto assim?

— Eu?

— Que foi que ele te fez?

— Ele não fez nada pra mim, sua ingrata. Eu tô é defendendo você!

— Se você quer mesmo me defender, então me ajuda a descobrir quem foi que fez aquilo com ele.

— O quê?!

— Isso mesmo que ouviu.

— Eu não tô acreditando... — Marília pôs a mão na cabeça, deu um giro para trás. Voltou-se. — Pra quê, Ana? Que é que você vai ganhar com isso?

— Não gosto de injustiças. E o que estão fazendo com o Juan é uma baita discriminação, só porque ele é pobre e não é daqui! Se fosse algum americano riquinho, ninguém ia falar nada. Nada! Pelo contrário! Todo mundo ia tá correndo atrás dele falando inglês! Cambada de puxa-sacos! Tô cheia disso, cheia!

— Olha. Faça o que você quiser. Só não peça pra eu te ajudar, porque isso já é demais!

— Demais por quê, Marília? Porque você sempre teve um monte de amigos, porque nunca precisou de ninguém, porque sempre foi querida pela classe...

— Para de exagero, tá legal? Eu não sou querida por todo mundo, não.

— E se você não fosse querida por ninguém? Ficasse como o Juan, num canto, sozinha?

— Eu ia me virar. Não tenho boca?

— Tá certo. Você não precisa de ninguém...

— Não mesmo.

— Mas pode precisar um dia, sabia?

— Não do Juan.

Ana Gabriela ficou olhando Marília sem dizer nada. Não tinha mesmo mais nada a dizer. A não ser um tchau.

E foi apenas isso o que ela disse.

20.

Carona

— Oi, filho! Como foi a aula?

A pergunta surgiu tão logo Diogo abriu a porta do carro, quando ainda estava se preparando para sentar.

— Tudo bem, mãe — respondeu, um tanto aborrecido.

Diogo fechou a porta e colocou o cinto.

— Nossa, que "tudo bem" com cara de mais ou menos...

Diogo olhou para Beatriz com preguiça.

— E você queria que eu respondesse como?

Beatriz engatou a marcha. Sem olhar diretamente para o filho, atenta ao movimento dos carros, acelerando devagar e seguindo adiante, respondeu:

— Pergunta pra mim que eu te falo.

— Pergunta o quê?

— Se eu tive uma boa manhã, como é que foi.
Diogo deu um suspiro, olhou para cima um instante.
— Ahn. E você teve?
— Sim. Correu tudo bem no escritório hoje cedo. Assim que é para responder, viu Diogo? Se está tudo bem, ânimo! — Beatriz entonou a última palavra com certo exagero.
— Mãe, sabe o que acontece? Eu não sou mais criança pra você ficar me perguntando como é que eu fui na escola todo santo dia, entendeu?
— E a gente só pergunta isso pra criança, é?
Diogo fez um gesto balançando a cabeça que não queria dizer muita coisa. Talvez fosse apenas uma maneira de encerrar o assunto.
Mexeu no rádio, mudou a estação uma, duas vezes.
— Tá difícil.
Beatriz deu uma olhadinha.
— O que tá difícil, Diogo?
— Agora tudo quanto é rádio deu pra tocar essa porcaria dos Astecas!
— Eles são ruins, é?
— São péssimos, mãe!
Beatriz deu de ombros.
— Nunca prestei atenção. Volta lá, me deixa ouvir.
— De jeito nenhum!
— Os filhos da Mariana, sabe a Mariana, né, Diogo? Trabalha comigo. Pois então, os filhos dela vão

ao show. Vai ter um show dos Astecas aqui em São Paulo, você sabia?

— Sabia.

— A Mariana é que vai levá-los, os garotos são pequenos ainda, devem ter uns 10, 11 anos... por aí. Ela parece mais empolgada que eles, você acredita?

— Tem gente que não tem mesmo gosto musical.

— Filho, gosto é gosto. Não se discute.

— Eu não discuto, nem perco meu tempo.

Diogo deu uma olhadinha para fora, acompanhou o trânsito, as pessoas na calçada, um cachorro, um vendedor de qualquer coisa no semáforo. Seu olhar era vago, não se detinha em nada muito específico.

— Que vai fazer à tarde?

Diogo virou-se para Beatriz:

— Ainda não sei... Mas não vou sair, tenho que ver umas coisas. Da escola.

— Ahn...

Ele voltou-se para a janela e continuou olhando, distraidamente.

Minutos depois, Beatriz apertou o controle remoto e o portão da garagem do prédio se abriu. Estacionou em sua vaga, entrou no *hall*.

Seu Nílson viu os dois chegando e, de longe, deu um aceno. Apenas Beatriz o cumprimentou de volta, Diogo já estava de olho no botão do elevador.

21.

On-line

Ana Gabriela: Tô chateada hoje.
Marcelo: Aconteceu alguma coisa?
Ana Gabriela: Briguei com a minha melhor amiga. Quer dizer, tenho duas melhores amigas. A briga foi com a Marília.
Marcelo: Mas por quê?
Ana Gabriela: Você tá com tempo?
Marcelo: Sim.
Ana Gabriela: Bom, fizeram um perfil falso de um menino da minha classe, ele é boliviano, e me mandaram um recado com a montagem de uma foto... Eu apaguei, mas alguém copiou antes e espalhou pelo celular de um monte de gente da minha escola. Foi terrível!

Marcelo: Nossa...
Ana Gabriela: Mas não foi o Juan, tenho certeza disso, só que a Mari acha que foi. E nem quer me ajudar a encontrar o autor verdadeiro pra limpar a barra do Juan. Todo mundo já implicava com ele antes, você imagina depois disso! Coitado. Tenho pena, ele é tímido, eu acho. Na sua escola acontece algum tipo de discriminação?
Marcelo: Não.
Ana Gabriela: Sorte a sua.
Marcelo: É.
Ana Gabriela: O pior é que tem gente insistindo que foi ele, mas eu sei que não foi!
Marcelo: É duro quando a gente não consegue provar alguma coisa, defender alguém, sei lá. Você não recebeu mais nada, nenhum recado?
Ana Gabriela: Ainda bem que não. A coordenadora da escola e a minha professora de Geografia já tinham me dito isso, que achavam que eu não ia receber mais nada. Que o alvo de tudo era o Juan.
Marcelo: Se eu morasse aí em São Paulo, te ajudava, Ana. Também não gosto de injustiças.

Ana Gabriela: Você é legal, Marcelo. Pena mesmo que não mora aqui. Tenho certeza de que a gente ia conseguir pegar esse cretino que andou fazendo isso com o Juan. Você é determinado feito eu, nem todo mundo é assim.
Marcelo: Ana, eu preciso sair, tá? Tenho que estudar pra prova de amanhã.
Ana Gabriela: Tudo bem. Beijo.
Marcelo: Beijo.

22.

"Não tenho medo do escuro, mas deixe as luzes acesas agora"

Marcelo estava deitado na cama, na posição em que gostava de ficar quando queria pensar na vida: pernas esticadas, pés cruzados, mãos por baixo da nuca, olhos fixos no teto.

No computador, o CD do Legião Urbana tocando, dizendo que não temos tempo a perder e que temos todo o tempo do mundo.

— Muito fácil dizer isso — balbuciou Marcelo, irônico.

"Somos tão jovens"

— É difícil ser jovem. Por que tem gente que pensa o contrário?

Tirou os olhos do teto e mirou a janela. Viu um pedaço do céu azul com poucas nuvens.

Azul.

Quando era pequeno, Marcelo foi aprender a nadar.

— É perigoso para uma criança não saber nadar, André — disse Sílvia.

O pai de Marcelo concordou.

— Verdade. A gente ouve falar cada coisa...

— Então?

Então.

Marcelo tinha dez anos, já tinha aprendido a nadar fazia tempo, mas continuava fazendo natação duas vezes por semana. Gostava, pensando bem. É. Gostava. Mas só de nadar, sem o compromisso de provar que sabia nadar, uma vez que ele já sabia, claro.

Confuso isso. É que era exatamente confuso esse pensamento de Marcelo na hora em que estava deitado na cama, ouvindo o CD.

"Não precisava provar nada a ninguém"

Certo. Não precisava.

— Ei, Marcelo!

Ao ouvir seu nome, o menino de touca na cabeça e sunga azul-marinho olhou para trás.

O outro lhe perguntou:

— Vai me dizer que resolveu competir dessa vez?

O menino de sunga preta sabia que Marcelo competiria. Seu nome não estava no mural junto aos

demais? Não estava? Resposta absolutamente desnecessária. E por isso mesmo Marcelo não disse nada.
Mas o menino insistiu. Chegou mais perto:
— Perguntei se você vai competir.
— E eu não respondi porque você sabe que vou.
O garoto da sunga preta soltou uma gargalhada. Marcelo fechou a cara e ficou olhando para ele, aquela risada que não acabava nunca.
— Como você é trouxa, Marcelo! Acha que tem chance?
— Se eu não tivesse, o professor não tinha me colocado.
— Ele coloca todo mundo que pede, se você não sabe.
— Mas eu não pedi, se você não sabe.
— Duvido!
— Pois então, duvide!
O menino da sunga preta saiu e foi para o lado oposto de onde estava Marcelo, na última raia da piscina. Lá encontrou um amigo e, as mãos em concha, cochichou no ouvido dele. Ambos olharam para Marcelo. E caíram na maior risada do mundo. Uma risada infinda.
O que poderia haver de tão engraçado?
Marcelo virou o rosto e baixou os óculos de nadar, que até então estavam grudados na testa. Através da lente, mirou a água azul dividida pelas oito raias.
Mirou.
Aquilo não daria certo.
Não daria.

23.

No edifício

Foi bem na hora em que a Ana Gabriela chegou da escola. Olhou para a janela da guarita procurando o seu Nílson e não o encontrou. Teve de tocar o interfone e só aí ele apareceu. O homem fez um sinal erguendo o braço, cumprimentando-a, e em seguida abriu o portão.

Ana Gabriela não estava com pressa, então subiu os degraus devagar, quase contando os passos. Lá no alto, conversando com seu Nílson, estava a dona Lila. Por isso que não conseguira enxergá-lo de lá de fora, ele não estava onde sempre costumava ficar, e sim em pé, perto da porta.

— Oi, seu Nílson! Oi, dona Lila!

Dessa vez, ele é quem deveria estar com a cabeça no mundo da lua, porque continuou falando com a mulher e só depois de alguns segundos se deu conta da presença da garota.

— Oi, Ana.

Dona Lila também a cumprimentou, mas com uma frase um pouco diferente.

— É um absurdo, seu Nílson! Um abuso! Oi, Ana.

Ana Gabriela deu alguns passos mais vagarosos ainda porque, de certa forma, a frase da dona Lila a deixou curiosa. Abuso do quê?

Escutou mais um pedaço:

— Tô aborrecido, dona Lila.

— Eu imagino, seu Nílson, mas...

A essa altura, os pés da Ana Gabriela já tinham dado marcha a ré:

— Que aconteceu?

— Oi, Ana!

— A senhora já me cumprimentou.

— Ah, é! Também, essa história me deixou tão transtornada! Que é que é isso, aonde é que a gente vai parar, como tem gente ignorante neste mundo!

— Um de vocês dois pode me contar o que houve?

Seu Nílson não tinha cara de quem queria contar. Ana Gabriela olhou para a dona Lila, que acabou dizendo:

— Eu vou falar, seu Nílson. Vou falar porque as pessoas precisam ficar sabendo, quem sabe a gente faz uma reunião de condomínio e...

— Pelo amor de Deus, dona Lila! A senhora quer me complicar?

— Por que complicar?

— Vão ficar me chamando de dedo-duro...

— Dedo-duro? Seu Nílson. O senhor recebe um negócio desses e ainda acha que o errado é o senhor? Ora essa.

Ana Gabriela interpelou os dois outra vez:

— Vocês querem fazer o favor de me explicar o que tá acontecendo aqui?

Ambos olharam para ela. Foi dona Lila quem falou:

— O seu Nílson recebeu uma carta muito ofensiva.

— Como assim, ofensiva?

— Mas é segredo, viu, Ana? — pediu seu Nílson, um jeito receoso de quem não tinha muita certeza se deveria ou não abrir o jogo para outras pessoas.

— Não tô entendendo nada — a garota falou. — Por que é segredo?

Dona Lila entrou no meio:

— Não é segredo, Ana. Isso é o que o seu Nílson quer que seja. Mas não pode, viu, seu Nílson! Não pode!

Ana Gabriela respirou fundo. Ô conversinha difícil.

— Alguém vai me explicar de uma vez por todas ou não?

Dona Lila:

— O seu Nílson encontrou uma carta hoje cedo ofendendo a pessoa dele, ofendendo as suas origens, e mais um monte de coisas que eu até diria impublicáveis.

— Hã?

— É isso, Ana. É isso. Que ele saiu da terra dele pra tirar o emprego dos outros, por que é que não volta pra lá e deixa todo mundo em paz, seu sem-vergonha.

— E eu nunca fiz nada pra ninguém, Ana — seu Nílson antecipou-se, chateado. — Eu juro!

— Mas é claro que não fez! — disse dona Lila. — O senhor não percebe que o buraco é mais embaixo?

— Como assim? — perguntou Ana Gabriela.

— Modo de dizer, minha filha. O seu Nílson foi atacado assim como tantas outras pessoas são diariamente. Por causa da cor da pele, da origem, das suas preferências.

Ana Gabriela ficou pensativa.

— Mas quem poderia ter entrado aqui no prédio e...

— Ana Gabriela, minha querida! — interrompeu dona Lila, um tom de voz que denunciava a ingenuidade da garota. — Ninguém entrou no prédio. Pelo menos, não como você está pensando.

— Bom...

— As pessoas entram e saem todos os dias; o seu Nílson, ou então o seu Dorival, lhes abre o portão e elas tomam o elevador. Todo santo dia.

— Alguém que mora aqui? — Ana Gabriela deduziu.

Ela balançou a cabeça.

— Sim.

— Não acredito!

— Nem eu, Ana — seu Nílson completou. — A dona Lila fica falando uma coisa dessas, se alguém escuta eu tô perdido! Imagina, eu acusando algum dos moradores, o rolo que não ia dar.

— O senhor não precisa acusar ninguém, seu Nílson — falou dona Lila. — Só depois de ter as provas na mão.

O porteiro meneou a cabeça, descrente:

— Dona Lila, isso que a senhora tá dizendo...

— É possível, seu Nílson. É possível, sim. Por que o senhor não acredita?

— Foi tudo escrito no computador... nem letra da pessoa tem...

— Seu Nílson. O senhor está por fora — falou dona Lila. Ana Gabriela até arregalou os olhos, estranhando o jeito da mulher. — O senhor acha mesmo que ninguém consegue descobrir nada só porque foi feito no computador? Se fosse assim, os *hackers* ficariam numa boa a vida inteira!

— Minha professora falou que tem jeito de descobrir essas coisas.

— Mas é claro que tem, Ana! Sua professora está certa. Primeiro, o senhor pergunta pro Dorival se ele viu alguma coisa ontem à noite, alguém deixando essa carta aqui na sua mesa. Eu duvido, pra ser sincera. Devem ter esperado o seu Dorival atender alguém ou então ir ao banheiro...

— Acho melhor a gente deixar quieto... — seu Nílson insistiu.

— E o senhor vai se calar diante daquela ameaça?

Ana Gabriela arregalou os olhos.

— Mas que ameaça?

Seu Nílson mirou dona Lila com cara de quem diz: "eh, dona Lila. Eu não disse que era segredo?".

Silêncio.

— Vocês começaram, agora terminem — Ana Gabriela exigiu.

Dona Lila ficou olhando seriamente para o seu Nílson, como que encorajando o homem a contar.

— Bom... — ele começou. — A tal carta falava que eu devia pedir a conta. Que se eu não voltasse imediatamente pra cidade de onde eu vim, as coisas iam se complicar pro meu lado. Embaixo de tudo colocaram uns desenhos meio esquisitos, mas eu desconfio que boa coisa não era, não.

Ana Gabriela não disse nada. Ficou sem palavras, mal acreditando.

Como é que alguém poderia se achar no direito de querer mudar a vida de outra pessoa? Assim, sem mais nem menos? Impondo a sua própria vontade? Loucura isso.

Mas Ana Gabriela não conseguiu dizer nada nessa hora.

Deixou os dois e foi andando em direção ao elevador.

24.

O boato

Silvana espalhou a notícia de que Marcelo era louquíssimo por ela havia muito tempo, apesar de todas as suas recusas em sair com ele. Coitado.

Porém, num belo dia, a menina resolveu mudar de ideia e dar uma chance ao pobre rapaz. Seu coração não era assim tão de pedra como as pessoas maldosas diziam, claro que não.

Mas qual não foi a sua surpresa quando, ao lhe dizer que sim, que finalmente aceitava o namoro, Marcelo fugiu feito um bichinho acuado!

E bem na hora do beijo.

Marcelo e Mateus conversavam sobre o assunto no horário de saída das aulas:

— Palhaçada isso, Mateus! Aquela Silvana é uma tonta. Até parece que eu ia querer beijar, nem chegar perto dela eu quero, Deus me livre! Quem foi que te contou uma coisa dessas?

— A Luísa. A Silvana ficou espalhando essa besteira pra todas as meninas durante o intervalo. A Luísa acabou de me contar.

— Qual é a dela, hein? Essa garota pretende o quê?

— Ela sempre pretende o pior possível. Pode apostar.

— Não preciso apostar.

— Ela tá com raiva de nós dois desde aquele dia em que a gente deu um chega pra lá nela, lembra?

— Tá se vingando, claro.

— E o que é que você vai fazer, Marcelo?

— Depois eu penso nisso. Vamos embora agora.

— Se eu fosse você, tirava satisfação com ela. Espera aí no portão e...

Marcelo interrompeu o passo, Mateus fez o mesmo.

— Você quer que eu brigue com a Silvana no meio da rua?

— Eu não ia dizer isso, mas sabe que é uma boa ideia? — ele riu.

— Ah, Mateus... Era só essa que me faltava! Rolar com a Silvana como se fôssemos dois malucos.

— Até que ia ser engraçado... Pior se ela aproveitasse a oportunidade e te beijasse na marra...

— Não tem graça nenhuma, Mateus! Quer saber? Não quero ver a cara daquela menina agora nem pintada de ouro porque senão... — Marcelo parou de falar porque percebeu que o amigo inclinou um pouco a cabeça na direção do ombro esquerdo, desviando assim a atenção da conversa.

Curioso, Marcelo virou-se para trás.

Silvana.

— É, meu amigo — disse Mateus. — Parece que agora você vai ter que olhar...

Marcelo deu as costas para a garota.

— Quem disse? Não vou olhar nada, vamos embora — e retomaram a caminhada.

Silvana apertou o passo, alcançando Marcelo depois que este já tinha ultrapassado o portão da escola. Pôs a mão no ombro dele, sorriu:

— Oi, Marcelo!

Ele parou. Sentiu nojo daquela mão, como sentiu! Olhou para ela, furioso.

— Não acredito que você tem a coragem de vir falar comigo depois de tudo!

O sorriso encolheu:

— Por que você tá falando assim comigo?

Algumas amigas, alguns amigos, curiosos, pessoas da classe. Todos ali. Perto ou quase perto.

— Mas você é muito cara de pau, hein, Silvana! — disse Mateus, muitíssimo bravo.

119

Silvana nem se abalou. Respondeu muito calmamente, a atenção apenas no Marcelo.

— A conversa é com o Marcelo e não com você, Mateus. Não quero nada com você.

Mateus deu meia-volta, girando o corpo sobre os pés. Olhou para cima, riu:

— Você é incrível, Silvana! In-crí-vel. Devia ser atriz, sabia?

Ela continuava com os olhos fixos no garoto que lhe interessava.

— Por que você não quis me beijar, Marcelo?

— Quê?!

— É isso mesmo. Responde. Por que naquele dia você não quis? Por que você fugiu de mim assim, tão assustado?

— Você enlouqueceu, Silvana? Como consegue mentir tão descaradamente?

— Eu não tô mentindo.

— Claro que tá! — Marcelo gritou, desnorteado. — Você sabe que tá!

— Quantas meninas você já beijou?

— Isso não é da sua conta! — e dirigiu-se ao amigo. — Vamos embora, Mateus. Esta menina é louca.

Marcelo já tinha virado as costas, quando Silvana o puxou pelo braço.

— Então me beija agora.

— Quê?

— Se é mentira que você não quis me beijar, pode provar agora.

Houve um zum-zum-zum, uns gritinhos na calçada. A torcida do "beija-beija!" estava toda lá, só aguardando o momento final.

Marcelo respirou fundo, tentando se controlar. Estava muito nervoso, poucas vezes na vida tinha ficado tão nervoso assim. Quem essa menina pensava que era, quem?

Apesar disso, a voz saiu resoluta:

— Eu não vou beijar você, Silvana. Só se eu fosse louco.

Ela sorriu, irônica:

— Se você for homem, você beija.

25.

Revolta

Ana Gabriela: Agora, você imagina, Marcelo. Como é que pode alguém fazer uma coisa dessas com o seu Nílson? Ele é super de boa, não faz mal pra ninguém, nunca vi o seu Nílson sendo mal-educado ou coisa parecida. Muito pelo contrário! Tá sempre à disposição de todo mundo, querendo ajudar. Até com coisas que não têm nada a ver com o serviço dele. Uma vez ajudou minha mãe com umas caixas, pôs tudo no elevador mesmo a minha mãe falando: Não precisa, seu Nílson, dá pra eu levar sozinha, tô acostumada. Não, não, imagina. Gentileza não custa nada. Isso que ele fala sempre. Gentileza não custa nada. Agora diz, ele é ou não é uma boa pessoa, Marcelo? Que injustiça! Quem será o babaca, ou a babaca, que fez isso com ele? A dona Lila tá certa, a gente tem que fazer uma reunião de condomínio, sim. E com todo mundo. E eu vou tá lá, olhando pra cara de cada um pra ver se eu descubro alguma coisa. Qualquer coisa, uma cara meio suspeita. Mas você acha que quem faz isso tem uma cara suspeita?

Marcelo: Sei lá. Tem gente que é cara de pau mesmo. Não mexe nem uma ruga, parece que não é nada com ela.

Ana Gabriela: Verdade verdadeira! Você veja só o Juan. Como é que a gente vai pegar o cara que fez aquilo?

Marcelo: Não sei.

Ana Gabriela: Ele me contou que ainda ficam zoando com ele.

Marcelo: Puxa...

Ana Gabriela: Ô Marcelo. Por que você tá falando sei, não sei, sim, não, desde o começo da nossa conversa?

Marcelo: Tô nada.

Ana Gabriela: Tá, sim. Você não tá legal hoje?

Marcelo: Sei lá.
Ana Gabriela: Aconteceu alguma coisa?
Marcelo: Não. Tudo normal.
Ana Gabriela: E então?
Marcelo: Então, o quê?
Ana Gabriela: Você acha que a gente devia fazer uma reunião de condomínio e abrir pra todo mundo o que tá acontecendo?
Marcelo: Pode ser, Ana. O que o seu Nílson acha?
Ana Gabriela: Se depender dele... Ele tem medo. Medo de ser mandado embora.
Marcelo: Mas por que seria mandado embora se não fez nada errado?
Ana Gabriela: Paranoia dele. Tem gente que morre de medo de perder o emprego, por isso fica quieto. Prefere ser pisado, ameaçado.
Marcelo: Mas foi tão grave assim? Essa ameaça?
Ana Gabriela: E toda ameaça não é grave? Amanhã não pode ser ainda pior? A gente não vive escutando que tem que denunciar tudo? Então? A gente escuta uma coisa, fala uma coisa e na hora do vamos ver faz outra? Que hipocrisia! Cadê a coragem pra botar a boca no trombone e

	falar o que tá errado? Ai, Marcelo... Se você passasse por essas coisas que eu ando passando ultimamente! Na minha escola, agora aqui no meu prédio... Que sorte você tem de viver no interior, num lugar tranquilo...
Marcelo:	Não é bem assim, Ana.
Ana Gabriela:	Então, como é?
Marcelo:	Ah... Todo mundo tem problemas, não tem? Em qualquer lugar.
Ana Gabriela:	E qual o seu problema aí?
Marcelo:	Eu não disse que tinha problema.
Ana Gabriela:	Mas não foi o que acabou de dizer?
Marcelo:	A gente pode conversar sobre isso num outro dia, Ana? Preciso ajudar a minha mãe agora, tenho que desligar o PC.
Ana Gabriela:	Certo. Mas vou querer saber, tá? Vou cobrar.
Marcelo:	Pode cobrar. Beijo.
Ana Gabriela:	Beijo.

* * *

 Se tem uma coisa que detesto, é mentir pras pessoas de quem eu gosto. Fico com a maior cara de tacho (mesmo que elas não estejam vendo), fico com o coração pulando e dizendo: você fez coisa errada, cara. Você fez. E essa sensação ruim demora pra passar.

Tudo bem. Às vezes, chego e digo: "preciso falar com você. Desculpa, cara, falei besteira, não quis te deixar chateado"... Aí a gente conversa e as coisas se assentam, voltam ao normal.

Queria olhar no olho da Ana Gabriela e dizer que eu sou o maior mentiroso que ela já conheceu na vida.

Caramba! Por que é que ela tinha de ser tão sincera? Não podia falar de coisas que não mostrassem tanto o seu jeito? Parece até que tô vendo ela na minha frente. Que menina. Determinada, ela me disse uma vez. "Você é que nem eu, Marcelo. Determinado." Rá! Me deu até vergonha.

Tô péssimo. Queria me afundar nesse travesseiro aqui e acordar só daqui a uns dez anos. Aí eu já era um guitarrista famoso igual o Mark Knopfler. Ia fechar os olhos, sentir cada nota entrando na alma enquanto tocava, mexendo bonito.

Ana Gabriela, você não merece a minha amizade.

Fui.

26.

Perdão

— Não quero brigar com você, Ana. Desculpa.

As amigas se abraçaram.

— Esquece.

— Não tem cabimento a gente ficar discutindo por causa daquele...

— Mari...

— Tá. Desculpa.

Ana Gabriela sorriu. Laís envolveu as duas no abraço, deitou a cabeça no ombro de Marília:

— Nós três já prometemos que vamos ser amigas para sempre. Vocês não podem se esquecer disso!

— Eu não esqueci — disse Marília.

— Nem eu — agora a Ana Gabriela.

Laís ficou contente. Tudo normal, até que enfim. Estavam na escola, na hora do intervalo. A certa altura, Diogo passou por elas conversando com dois amigos da classe dele. As três suspiraram.

Laís falou:

— Vai ser lindo assim lá longe...

— Laís e Ana. Venham comigo — decidiu Marília, puxando as amigas pela mão.

— Aonde? — perguntou Ana. Essa sua amiga tinha uma mania de sair puxando...

— A gente tem que fazer alguma coisa!

— Como assim, Mari? — a Laís quis saber. Ninguém estava compreendendo nada.

— A gente precisa fazer o Diogo nos enxergar! Puxa vida! Ele passa todo dia pela gente e não vê!

— É cego, coitado — constatou Laís.

— Então — continuou Marília. — Se ele não enxerga, nós vamos dar uma mãozinha.

— E vamos fazer o quê?

— Que tal um esbarrão, Ana?

— Mari, que coisa mais boba! — criticou Ana Gabriela. — Que comédia romântica você andou assistindo ontem à noite?

— Ontem, nenhuma. Mas eu ando pensando nisso há alguns dias...

— Nisso, o quê?

— Nisso. Da gente forçar um encontro, criar uma oportunidade de amizade... Ah! Qualquer coisa. Você diz que nem no seu prédio ele te cumprimenta direito!

— Acho que ele não repara. Não associa que a Ana Gabriela do prédio é a mesma Ana Gabriela da escola.

— Três anos mais nova... Que droga. Por que a gente foi nascer tão atrasado?

— Laís, eu acho que ele pensa que nós somos crianças — Ana Gabriela deduziu. — E sabem de uma coisa? Se ele quer pensar assim, paciência. Não ligo mais.

— Hã?! Como assim?

— Não é como assim, Mari. É assim, pronto, acabou. Vou ficar maluca agora por um cara que nem me enxerga?

— Mas vai enxergar — decidiu Marília, puxando as amigas de novo. Ana Gabriela foi indo, achando simplesmente que aquilo não daria em nada. Mas contrariar a Marília? Deixa para lá. Deixa para lá.

Procuraram o Diogo por todo o pátio. Como é que ele tinha sumido de repente?

— Que porcaria! — Marília reclamou. — Aonde é que ele foi? Acabou de passar pela gente, achei que estivesse na cantina! Droga!

— Tá vendo, Mari. Esse garoto é o tipo do garoto-invisível.

— Mas não éramos nós as garotas invisíveis? — corrigiu Laís. — Pra ele, eu quero dizer.

— Verdade.

— Olha aqui vocês duas, eu não vou desistir. Se não quiserem me acompanhar eu vou sozinha. Vou rodar essa escola inteira até...

— Até dar uma trombada no Diogo e dizer: Nossa! Desculpa... tava andando e... puxa... acho que torci o tornozelo, me ajuda? Me ajuda, por favor...?

— Para de fazer piada, Ana! Como você é chata!

Ana Gabriela e Laís não conseguiam parar de rir.

— Para que eu tô ficando brava!

Pararam.

Mas apenas porque viram Diogo caminhando em direção à quadra. Sozinho.

— Ele tá sozinho! — Marília ficou feliz. — É a nossa oportunidade, vamos lá!

Era isso o que estavam fazendo quando, um pouco mais à frente, viram os outros dois amigos que antes passaram por elas com o Diogo. Parecia que eles também seguiam em direção à quadra.

Mas não sozinhos. Havia mais uma pessoa.

Nada a ver essa pessoa junto.

Nada a ver.

— O que significa aquilo? — perguntou Ana Gabriela, intrigada.

Nenhuma delas soube responder.

27.

Chateado

Marcelo andava chateado, bem chateado, desde aquele episódio com a Silvana no final do período das aulas. Chateado consigo mesmo.

Claro que Mateus não concordara com a atitude dele, achara mesmo que Marcelo não deveria estar passando por um momento muito bom, uma fase ruim talvez, pois fazer aquilo? Onde já se viu.

Por que o Marcelo era assim, complicado às vezes? Tudo bem, sempre tivera esse jeito calado desde que o conhecera no 6º ano, já estava acostumado a isso. Como o falante era ele, Mateus, não é que dava certo? Por que as pessoas precisavam ser iguais para serem amigas? Claro que não precisavam, pensou Mateus. O Marcelo era completamente diferente dele. Completamente. E era seu melhor amigo.

— Posso te falar uma coisa, Marcelo?

— Pode, ué.

— Esquece aquilo que aconteceu com a Silvana. Sei que você tá chateado, quem te conhece de verdade percebe isso de cara. Mas, esquece. Aconteceu e já acabou. Fim.

— Eu fui um imbecil. E você sabe disso. Só não diz pra me poupar.

— E se eu disser você vai se sentir melhor?

— Quem sabe?

— Cara. Você foi um imbecil.

Marcelo riu, meio de lado.

— Certo. Sinceridade é contigo mesmo, eu tinha esquecido.

Mateus deu de ombros, sorrindo. Marcelo tornou a ficar sério. Desabafou:

— Odiei ter feito aquilo, Mateus. Deveria ter odiado antes, antes!, assim não teria feito.

— Também acho, Marcelo. Mas o que adianta você ficar remoendo? Naquela hora achou que era certo.

— Beijar aquela estropícia da Silvana?!

— Pois é. Você deu um baita beijo na estropícia.

— Que raiva de mim, Mateus! Por que é que fui fazer isso? Só pra provar pra ela que eu era homem? Só pra cair na provocação dela? Burro que eu sou. Agora tô morrendo de vergonha porque todo mundo sabe que eu só fiz isso porque ela falou o que falou. Fiquei, tipo, com uma imagem de covarde.

— Não pense nisso.

— Mas foi! Alguém te provoca, manda você provar alguma coisa e você, tontão, vai lá e prova. Mesmo não querendo provar nada pra ninguém!

— Desculpa falar, mas acho que você tem mesmo um pouco disso.

— Disso o quê?

— Querer mostrar alguma coisa... ou ter medo de mostrar e então querer esconder... Sei lá.

— Medo.

— É. Medo. Você beijou a Silvana por medo. Não medo dela, mas do que todo mundo ia falar de você depois.

— E se eu fugisse?

Mateus deu de ombros.

— Tudo bem. Qual o problema?

— Você acha mesmo que tudo bem?

Mateus reafirmou balançando a cabeça, tranquilo isso para ele.

Marcelo girou o pescoço para os lados, querendo dizer que não.

Não.

* * *

O menino da sunga preta e seu amigo continuaram rindo. Cochichando e rindo. Cochichando e rindo. Era cíclico.

As pessoas foram chegando, seu pai, sua mãe, a Juliana ainda pequena, no colo. Não precisaria estar no colo, essa menina desde cedo sempre fora muito mimada, ah, sim.

Acenaram. Marcelo não conseguia erguer a cabeça, era o tempo inteiro voltada para o azul, o tempo inteiro.

Acenaram mais, chamaram, "Ei filho!", "Vamos lá, filhão!", entre outras frases do tipo.

Arquibancada lotada.

O professor passou, deu um tapinha nas costas de Marcelo.

— Quero ver fazer bonito, hein?

Depois, o mesmo gesto nos demais. Um apoio moral? Pode ser. Pode ser.

O juiz mandou todos ficarem em posição.

Posição.

E o apito soou.

Barulho de gente pulando na água.

Barulho de gente na plateia:

— Aaaaaaahhhhhh...

Enquanto todos nadavam, enquanto a água se agitava feito um mar em tempestade, Marcelo corria até o vestiário.

28.

¡Hola!

— ¡Hola, Juan!

De volta do intervalo, minutos após o sinal, o garoto já se encontrava na classe, em sua carteira, quando Ana Gabriela apareceu. Ela havia se despedido das amigas ainda no pátio, dizendo que entraria na sala a fim de ver umas coisas em seu caderno antes de o professor chegar.

— ¡Hola, Ana!

— Viu como eu aprendi direitinho? — Ana Gabriela brincou.

— Eres una chica inteligente.

— Acha mesmo? — ela sorriu.

— Sí.

— Humm...

Ana Gabriela puxou a cadeira da carteira ao lado e sentou-se perto do garoto.

— Me fala uma coisa, Juan. Como é o seu país?
— Bolívia?
— Sí.
— Bonito. Una naturaleza esplendorosa.
— Eu gosto de natureza, sabe? Me sinto bem quando vou num lugar cheio de verde, água de rio, mar... Às vezes, viajo com meus pais nas férias. Bom, nas últimas não fomos. Por causa do meu irmão.
— ¿Tu hermano?
— Mi hermano tá fazendo intercâmbio nos Estados Unidos e nós não fomos viajar porque agora ninguém mais tem dinheiro pra nada! Foi tudo lá pro meu hermano. Entendeu?
— Ah...
— Mas eu não acho ruim, não. Tudo bem, era o sonho dele, meus pais ficaram o maior tempo juntando dinheiro, além disso o Tomás conseguiu 50% de bolsa numa prova superdifícil que fez. Ele é bom em Inglês. Eu não. Acho que só sou boa em Português. Isso eu sei que sou.
— Puedo enseñarte Español si quieres.
— Hum, sabe que não é má ideia? Taí. Gostei. E eu te ajudo com o Português, tá?
— Tá.
— Mas me conta. Seu país é bonito... que mais?
— Hay paisajes increíbles, desiertos, volcanes, muchas lagunas de colores diferentes, la Floresta Amazónica...

— Floresta Amazônica? Ah, sim. Tinha esquecido que tem parte da floresta em outros países da América do Sul também. Continua.

— ¿Ya oíste hablar del desierto de sal?

— Deserto de Sal?

— Sí. El mayor del planeta. Hay una laguna inmensa de sal.

— Puxa, que interessante...

— ¿Y los géiseres?

— Hã?

— El Géiser. ¿Cómo puedo explicarte...? Tiene un chorro de agua caliente saliendo del suelo que llega a alcanzar 50 metros de altura.

— Humm... Água caliente jorrando? Como um vulcão? Explodindo tudo assim, tchummm! — Ana Gabriela jogou os braços para cima.

Juan fez um sinal afirmativo com a cabeça.

— Eso. Pero en el suelo. Hã... Chão.

— Saindo do chão. Entendi.

— Los géiseres están a una altitud de más de 4 mil metros sobre el nivel del mar.

— Nossa! É incrível mesmo seu país, hein, Juan! Você tem razão. Acho que vou querer conhecer algum dia...

— Vas a gustar. Es muy bonito. Pero también tiene problemas como todos los otros. Hay mucha gente necesitada.

Ana Gabriela ficou em silêncio por um instante. Seu rosto adquiriu outra feição.

— Juan, sabe aquele dia em que eu fiquei um tempão na sala da coordenadora junto com a professora Arlete, resolvendo... resolvendo aquele problema... Tá lembrado?

Juan fez que sim.

— A Arlete me contou bastante coisa, achei até que ela devia tá pensando que era aula de Geografia aquilo... — Ana Gabriela riu. — Mas fiquei tão envolvida com tudo o que ela me disse que eu poderia ficar horas ali, só escutando... — olhou bem para ele. — Acho que você não tá entendendo nada... — deu um suspiro e continuou — Eu sei que tem criança que trabalha, é obrigada a trabalhar, principalmente nos países pobres, mas é difícil aceitar tanta injustiça.

— Muchos niños trabajan en Bolívia. Algunos en trabajos muy peligrosos.

— Eu sei, ela falou! Mas não é proibido?

— ¿Cómo las familias van a vivir si los niños no ayudan? Son muchas las dificultades.

Ana Gabriela puxou o ar, soltando-o de uma só vez.

— É complicado.

Juan balançou a cabeça, concordando.

— Foi por isso que vocês saíram de lá?

— Sí.

— Mas como é que vocês vieram parar aqui?
— Hay mucha gente en Brasil, en São Paulo. Tenemos muchos conocidos. Mis padres y mi hermano mayor trabajan con ellos.
— Ah, então você também tem um hermano...
— A-hã.
— E você não trabalha?
— Solo en mi casa.
— Ah, é? Tipo lava, passa... isso?
— Y hago el almuerzo.
— Você faz o almoço?
Juan confirmou com a cabeça.
— E você cozinha bem?
— Creo que sí.
— Comida boliviana?
— También.
— Qualquer dia você me convida pra eu almoçar na sua casa?
— Claro.
— Eu gosto de experimentar comida diferente. Sou meio gulosa, sabe? Talvez bastante.
Juan riu. Ana Gabriela tinha um jeito que lhe agradava. Pensou que poderia considerá-la a primeira amiga brasileira. Até então, seus amigos eram os filhos dos bolivianos que viviam em São Paulo. Gostava de se reunir com eles, falar um pouco do que deixaram para trás, pensar nas coisas boas que ainda viriam. Porque, se tinha uma coisa em que ele, o irmão e seus

pais acreditavam, era que a vida aqui seria melhor. Seria, sim.

Tinha gostado da Ana Gabriela. Que menina legal. Bacana mesmo.

— Juan.

— ¿Qué?

— Me fala uma coisa. Por que você estava indo pra quadra com aqueles meninos do Ensino Médio?

29.

Mais chateado que nunca

Marcelo nunca imaginou que fosse falar disso com alguém. Não mesmo.

Acontece que Mateus não era só um alguém, era seu melhor amigo, a pessoa em quem confiava acima de tudo.

Por mais que seus pais falassem, na época, uma porção de tudo bem, não fica assim, não tem importância, não chora mais e tal, de nada resolvia, nenhuma frase o consolava.

Aguentar humilhação na escola não é coisa para qualquer um.

Todo mundo sabendo, todo mundo se achando no direito de acusá-lo. Fraco. Covarde. Medroso. Filhinho da mamãe.

Tudo isso só porque desistiu de competir? Porque na hora sentiu uma coisa tão estranha e sufocante e por mais que se concentrasse, por mais que pensasse em pular na água, em se jogar na água no momento em que escutara o apito, não conseguiu?

Sim. Só por isso.

— Uma coisa não tem nada a ver com a outra, Marcelo.

— Como não, Mateus?

— Não beijar a mau-caráter da Silvana não teria nada a ver com desistir da competição. Se você não tivesse beijado, ninguém ia te condenar por causa disso.

Marcelo não se convenceu. Depois de um instante, falou:

— Tive medo, confesso. Você tinha razão quando me disse aquilo, fiquei imaginando o que iam falar de mim depois — pausa. — Tenho medo de um monte de coisas, Mateus. Às vezes fico ouvindo as vozes... não quero nunca mais passar por aquilo. — Outra pausa. — Vou te contar um segredo. Foi esse o motivo que me fez sair da outra escola e vir estudar aqui.

— Sério? Você disse que a sua mãe tinha achado melhor por causa do trabalho dela, que era mais caminho...

— Menti. Aliás, ando cansado de mim. Tô mentiroso demais.

Mateus movimentou a cabeça, pondo a mão no ombro do amigo, confortando-o.

142

— Não acho isso, Marcelo. Que eu saiba você nunca mentiu pra mim. Ou será que mentiu?

— Não. Do jeito que você pode tá pensando, não.

— Tudo bem que você nunca quis me contar esse pedaço da sua vida. Mas quem disse que você sabe tudo a meu respeito? Hã? — Mateus deu uma risadinha. O amigo tentou rir.

Silêncio.

— Você acha que fui covarde? — Marcelo perguntou. — Fala sério. Porque é nisso que eu penso de vez em quando, por que é que eu fui fugir, se aqueles meninos da escola não tinham razão de ficar me zoando... covarde que eu sou...

— E alguém pode ter alguma razão de zoar o outro, Marcelo? Tenha dó! Sabe qual o problema? Quer saber mesmo qual o problema? Tem gente que adora rotular as pessoas. Se se veste assim é isso, se tem o cabelo desse jeito é aquilo, se tem essa ou aquela preferência é porque não tem inteligência suficiente. E quem são esses que rotulam senão retrógrados completamente mal resolvidos com as próprias questões? De mente tacanha tô por aqui!

— Nossa...

— Humm... — Mateus respirou, enfim. — É o que eu penso.

— Eu falo que você vai ser político...

Depois de um breve silêncio, Marcelo continuou:

— Tenho conversado bastante com uma garota pela internet.

— Ah, é? Isso você não me contou.
— Ela que me escreveu primeiro, é uma das ganhadoras do concurso da Rádio Max.
— Ah, bonito, não? Além de você ter ganhado o ingresso pro show, ainda por cima conhece uma gata pela internet? Sortudo!
— Ah, Mateus... A gente tá só conversando. Ela é legal, puxa vida, se é!
— E aí? Quando é que vai ser o famoso encontro?
— No show, né, Mateus.
Mateus bateu a mão na cabeça.
— Verdade. Ainda bem que tá perto, hein? Tô aflito, cara! Não vejo a hora de assistir à banda, tô contando os dias! Quer saber? Acho que vou tentar entrar no camarim, quem sabe no final do show os seguranças deixam?
— Pode ser.
— Como é que a gata se chama?
— Ana Gabriela.
— Ahn... E aí? Tá ansioso pra conhecer a Ana Gabriela?
Marcelo não respondeu de imediato. Fez uma cara pensativa, de dúvida. O amigo estranhou. Mais uma encucação? Mais uma?
— Que foi, Marcelo? Não sabe se tá a fim ou não de conhecer a garota?
— Não sei o que ela vai pensar quando souber que eu beijei a Silvana.

30.

Macarronada

— Verdade que você tá namorando, vó?
— Quem te falou isso?
— Meu pai.
— Ele falou isso pra você?
— Não. Falou pra minha mãe. Eu escutei.
— Ah...
— Tá ou não tá?
— Não.
— Mas ele acha que você tá.
— Seu pai é muito ciumento, Bernardo.
— Ele disse que você tá namorando pela internet.
— E dá pra gente namorar alguém pela internet?
Bernardo ergueu os ombros. Acrescentou:
— Ele não me deixa ficar muito tempo no computador.

— É porque você é muito criança ainda, deve brincar com outras coisas.

— Humm...

Silêncio.

— Sabia que eu voltei a estudar, Bernardo?

Ele parou o garfo no ar.

— Jura?

— Juro.

— Junto com as crianças?

— Não! Imagine, só tem gente da minha idade. Minto. Tenho um colega de noventa anos!

— O quê? Noventa anos?

— Sim, senhor.

Bernardo arregalou os olhos.

— E ele não terminou a escola ainda?

— Ah, Bernardo! — dona Lila riu com gosto. — Claro que ele terminou a escola, ora essa. É que é um outro tipo de estudo agora. Diferente das matérias que você vê na sua escola. Bom, algumas são parecidas, fazemos cálculos, temos aulas de atualidade, informática, literatura... Ah, é tão bom!

— Vó. Quando eu tiver noventa anos, não vou querer mais estudar de jeito nenhum!

— Melhor deixar pra pensar nisso depois, Bernardo. Não acha meio cedo agora?

— Eu já tenho sete.

— Ah, sim. Faltam só mais oitenta e três.

— É. Tá beeeeem longe.
— Com certeza.
— Posso comer mais macarrão?
— Claro que pode! Eu vou lá dentro buscar.

Travessa na mão, macarrão no prato, dona Lila sentada de novo.

— Se o meu pai falar outra vez que você tá namorando, eu vou falar que não é verdade.
— Isso mesmo.
— Vou falar que você tá estudando.
— Ele já sabe.
— Ah, é?
— É.
— Nem me contou.
— Seu pai é meio esquecido.

Dona Lila olhou no relógio de pulso.

— Que reunião que você vai daqui a pouco, vó?
— É reunião de condomínio. Mas não se preocupe, pode comer sossegado que temos tempo de sobra.
— Então, dá tempo de comer a sobremesa?
— Mas é claro que dá.

31.

A reunião

Marcelo: E foi todo mundo?
Ana Gabriela: Quase. Minha mãe falou que eu não precisava ir. Pra quê, minha filha? Essas reuniões são muito chatas. Só que ela não sabia que eu estava pra lá de interessada. Não era só uma reunião pra falar da pintura que descascou, da manutenção do elevador, do barulho de não sei quem. Era tudo isso e mais uma coisa.
Marcelo: Então, ela não sabia de nada ainda.
Ana Gabriela: Prometi pra dona Lila ficar de boca fechada, aí não contei nem pra minha mãe. Sabe que a dona Lila é bem legal? Sei lá, sempre foi minha vizinha, mas a gente nunca tinha conversado tanto

	assim. Acredita que ela tá fazendo faculdade?
Marcelo:	É?
Ana Gabriela:	A-hã. Ela me contou um monte de coisas. Disse que tem um amigo, vai ver é namorado, né?, que conheceu pela internet. Que nem a gente.
Marcelo:	Que nem a gente...
Ana Gabriela:	Amigo que nem a gente.
Marcelo:	Ah... Fala da reunião.
Ana Gabriela:	Então. Fiquei ali sentada olhando todo mundo. Analisando, tipo aqueles detetives. Por exemplo: morador do 112 — meio fechadão, mas é pai de uma menininha fofa. Eu sempre vejo eles no *playground*, me parece um cara superamoroso. Suspeito? Acho que não. Moradora do 344 — trabalha fora, tá sempre viajando, será que ela teria tempo pra deixar a carta numa hora em que o seu Dorival, o nosso outro porteiro que nesse dia trabalhava à noite, tivesse ido ao banheiro? Ou então se distraído com algum morador, telefonema, entregador de pizza? Morador do 708 — ah, esse tinha uma cara suspeita! Vejo só de vez em quando, acho que mora so-

zinho, pelo menos nunca vi ninguém com ele. O que faz? Vive do quê? Nem faço ideia. Bom, fiz esse trabalho mental de um por um, quase nem escutei a discussão direito. Acho que ficaram faltando uns pedaços.

Marcelo: E aí?

Ana Gabriela: Aí nada. Ou isso é muito difícil mesmo ou eu não tenho vocação nenhuma pra detetive. Um dos dois.

Marcelo: Mas ficou resolvido alguma coisa... o que eles falaram?

Ana Gabriela: Ah, sim, todo mundo achou um absurdo aquela história, ofender um funcionário assim, sem mais nem menos? Conversei com a dona Lila depois e ela me disse que mesmo que neste momento a gente não consiga descobrir quem foi que fez aquilo, pelo menos a reunião já serviu pra mostrar que nós, moradores, não concordamos e repudiamos (bonita essa palavra, né?) esse tipo de atitude.

Marcelo: Então, a reunião foi boa.

Ana Gabriela: Acho que sim. Eles falaram até em colocar câmeras na portaria e na fachada do prédio porque ainda não tem.

Marcelo: Que bom.
Ana Gabriela: Bom se o talzinho não resolver mandar alguma carta pelo correio. Aí complica.
Marcelo: Isso é.
Ana Gabriela: Marcelo, lembra que eu te falei do Juan? Aquele menino boliviano. Tô amiga dele agora. Achei que ele fosse muito sozinho, mas parece que nem tanto. Você não acha esquisito ele fazer amizade com uns meninos mais velhos?
Marcelo: Acho que não... Por quê?
Ana Gabriela: Sei lá, eu achei. Ele me disse que são seus amigos. Uns meninos do Ensino Médio.
Marcelo: Mas se eles se dão bem, qual o problema? O problema mesmo são aquelas pessoas que não aceitam o que o outro pensa, o que o outro gosta... Na minha escola tem muita discussão por causa disso.
Ana Gabriela: Ah, é? Se eu não me engano, você disse uma vez que a sua escola era bem tranquila...
Marcelo: Vai ver eu esqueci de comentar...
Ana Gabriela: Que tipo de discussão?
Marcelo: Tipo os Astecas.

151

Ana Gabriela: Ah, bom, isso nem precisa dizer! Acha que é só na sua escola?
Marcelo: Eu nem queria mais ir ao show por causa dessas bobeiras, sabia?
Ana Gabriela: Não acredito que você ia deixar de ver os Astecas porque meia dúzia de bocós acha a banda uma droga!
Marcelo: Ia.
Ana Gabriela: Marcelo!
Marcelo: Ia, não vou mais.
Ana Gabriela: Ficou confuso isso.
Marcelo: Não vou mais deixar de ir, entendeu?
Ana Gabriela: Ah... agora sim.
Marcelo: Mesmo porque vai ser no show que eu vou te conhecer.

32.

Intervalo

Ana Gabriela, Marília e Laís compraram um salgado na cantina e agora andavam distraidamente pelo pátio. Ana aproveitava para contar às amigas como fora a reunião de condomínio, de suas tentativas detetivescas. Falaram também sobre o amigo novo da Ana Gabriela.

— Ele quer me conhecer.

— Ana, mesmo que ele não queira, ele vai te conhecer. Vocês estarão juntos no camarim dos Astecas, tirando fotos e pegando autógrafos! Que inveja! — disse Marília.

— O Marcelo acha que os seguranças vão acabar abrindo pras outras pessoas também.

— Será? — perguntou Marília.

Ana Gabriela balançou a cabeça:

— O Marcelo acha.

— Ô, Mari — chamou Laís. — Você não sentiu uma vozinha meio diferente naquele "ele quer me conhecer"?

Propositadamente, Marília mostrou-se pensativa, exagerando nos trejeitos.

— Como vocês duas são bobas! O Marcelo é meu amigo, só isso. Como qualquer outro que eu tenho na minha rede social. E isso não significa que a gente não possa ter um papo legal mesmo a distância.

— E com quem mais você tem um papo legal, mesmo a distância, pra ficar conversando assim, todos os dias? — perguntou Laís, maliciosa.

— Com muita gente.

— Nomes?

— Credo, que interrogatório nada a ver! Vou agora ficar falando nomes de quem eu...

Ana Gabriela viu Juan ao longe, com os garotos do Ensino Médio do outro dia. Achou estranho de novo, apesar de Marcelo ter lhe falado que achava isso normal. Então, por que motivo estava com aquela sensação esquisita novamente?

Ficou observando-os se afastarem, Marília e Laís ainda falando, mudando de assunto, contudo Ana Gabriela não prestava mais atenção.

— Vamos dar uma volta? — perguntou Ana Gabriela, olhando para a frente, na direção de Juan. — Quero ver uma coisa.

Antes que Marília e Laís perguntassem aonde é que ela queria ir, Ana Gabriela virou-se para as duas:

— Vamos lá na quadra.

* * *

A escola possuía duas quadras. Uma coberta, toda fechada e cuja entrada só era possível com a companhia do professor de Educação Física, e a outra também com uma cobertura, porém aberta nas laterais. O acesso era livre a qualquer um.

As pessoas costumavam ir a essa última na hora do intervalo, sempre alguém arranjava uma bola e então acontecia um joguinho rápido. Outras, ficavam na arquibanda conversando, tomando lanche ou então apenas andando para lá e para cá. Havia algumas árvores ao redor e ali também era um ponto de encontro bastante agradável.

Os dois garotos e Juan encontraram-se com Diogo e agora andavam os quatro despreocupadamente, perto das árvores.

— Olha o nosso gato lá! — Marília apontou com a cabeça.

Ana Gabriela nem prestou atenção na fala da amiga, continuou a andar automaticamente na direção deles. As meninas foram indo junto.

Nesse meio-tempo, Diogo olhou para trás, como se procurasse algo. Nem reparou em Ana Gabriela e nas amigas, como de costume. A cada dia que passava, mais certeza elas tinham de que eram mesmo as garotas invisíveis.

Os amigos do Diogo também deram uma rápida espiada. Em seguida, todos pararam de caminhar.

As três prestando atenção.

Juan colocou a mão no bolso da calça, tirou alguma coisa de lá e entregou a Diogo, que rapidamente a guardou.

— Que será que o boliviano deu pro Diogo? — perguntou Marília.

— Sei lá — Laís respondeu.

Diogo deu um tapa de leve na cabeça do Juan, o garoto pendeu um pouco para o lado, e na sequência os três se puseram a andar, deixando Juan sozinho.

— Deu o sinal — avisou Marília. — Vamos voltar.

Ana Gabriela não ouviu, fez o oposto do que a amiga havia pedido. Andou para a frente.

— Aonde é que você vai, Ana? — Marília quis saber. — Não ouviu o sinal?

Ana Gabriela continuou andando.

— Ana! O professor de História não vai deixar a gente entrar, viu? — Laís deu o último aviso.

Ana Gabriela foi caminhando, chegando perto de Juan que, a essa altura, já estava voltando. Ele interrompeu o passo ao perceber Ana Gabriela com aquela cara, uma cara estranha, a garota chegando mais e mais perto até bloquear a passagem.

— O que é que você deu pro Diogo? — ela perguntou.

— Nada.

— Nada? Eu vi. Pode ir falando, Juan. Tô achando essa história muito esquisita! Que é que tá acontecendo?

— No pasa nada.

— Passa, sim! — Ana Gabriela deu um tempo, baixou o tom de voz. — Eles estão te importunando, Juan? — lembrou-se da palavra. — Te molestando?

— No! Ahora nadie me molesta más.

— Hã?

— Ahn... — Juan pensou um pouco. — Ninguém. Ninguém me molesta.

— Tem certeza? Tem certeza mesmo de que esses caras são seus amigos? — a voz se tornou ainda mais branda. — É que não me pareceu, eu não senti...

Juan baixou os olhos, a fisionomia foi como que murchando feito uma flor velha e abandonada. Mudou um passo para a direita, desviando-se da garota que lhe interrompia a passagem.

Por que ela fazia isso? Por que não o deixava em paz? Sua vida já era muito difícil do jeito que estava.

Juan foi andando sozinho.

Ana Gabriela ficou para trás, parada, pensando.

Tinha alguma coisa muita esquisita aí. Tinha mesmo.

* * *

Durante a aula, Ana Gabriela começou a falar com as meninas sobre o que andara pensando. Não conseguiu dizer tudo, os professores estavam fogo naquele dia, principalmente o de História. Parecia que tinha resolvido explicar a política do mundo inteiro em apenas cinquenta minutos.

Quando deu o sinal para a saída, Ana Gabriela procurou Diogo no meio dos alunos que se aglomeravam no portão. Nem sinal. Foi então para a frente da escola e aguardou a chegada da van. Marília e Laís foram embora a pé.

— Desencana, amiga — Marília lhe falara antes de ir. — Essa coisa de detetive fez mesmo a sua cabeça, hein?

— É — concordou Laís, dando-lhe um beijo. — Desencana. E estuda, que amanhã tem prova.

Ana Gabriela balançou a cabeça para a frente, devagar. Mas não convencida da sugestão das duas.

Chegando ao prédio, seu Nílson abriu-lhe o portão como de costume.

— Oi, seu Nílson!

— Oi, Ana! Como foi a aula?

A garota meneou a cabeça.

— O de sempre.

E partiu para o elevador.

Apertou o botão, em seguida levantou os olhos para ver em que andar ele se encontrava. Oitavo. Será que era o Diogo chegando da escola também? Mas ele sempre vinha mais cedo que ela... E se ele já estivesse descendo, indo a algum lugar?

A luz acesa mostrava o número sete agora. E então o seis. O cinco. Quatro. Três. Dois. Um.
Térreo.
A porta se abriu.
Vazio.
Ana Gabriela entrou e apertou o botão do terceiro andar. Respirou profundamente e soltou todo o ar pela boca e de uma única vez, enquanto deixava o corpo descansar em uma das laterais. Puxou o zíper da bolsa. Quando a porta se abriu, a chave do apartamento já estava em sua mão.
No corredor do terceiro andar, em frente ao elevador, a dona Lila.
— Oi, dona Lila.
— Oi, Ana! Você chegando e eu saindo... — deu um sorriso.
— É...
Ana Gabriela mudou o passo, dona Lila entrou. A porta foi se fechando, o rosto da dona Lila desaparecendo, desaparecendo...
Ana Gabriela apertou o botão do lado de fora.
E a porta do elevador reabriu.
— Dona Lila, eu posso falar com a senhora um pouquinho?

33.

Outra vez o caderno

Não posso dormir. Então, o jeito é escrever. Não sei por que peguei essa mania agora, não que seja ruim, claro, mas é diferente. Diferente do quê? Não sei essa resposta, nem me pergunte. Assim como também não sei muitas outras. Talvez devesse fazer um diário mesmo, tipo pra eu tentar me entender.

Sei que tenho meus medos, todo mundo tem. É normal, minha mãe de vez em quando gosta de falar disso comigo. Geralmente quando me vê em dúvida sobre se devo ou não continuar alguma coisa que comecei. Como quando resolvi parar com a natação.

Não tinha nada a ver eu continuar. Se eu tinha entrado pra aprender a nadar, se eu já sabia nadar, se eu não gostava de competir, pra quê, então? Pra mim, era uma questão bastante lógica.

Aconteceu de novo quando fui fazer capoeira. Tá legal, vamos fazer uma atividade física pra não ficar tão sedentário, acabei concordando com a minha mãe e fiz algumas aulas.

Mas não tinha nada a ver comigo, descobri logo. Nos treinos, sentia que aquele monte de pernas e braços que voavam por cima da minha cabeça acabariam me acertando a qualquer momento. Que aflição! Aí eu não me concentrava, não conseguia, ficava só com medo.

Tênis. Muito mais tranquilo. Era um esporte interessante, nada de água, nem pernas e braços voando. Eu estava me dando bem, com certeza estava, sim. Até que veio o torneio.

"Só que eu não quero participar!" "Mas por quê?", o professor quis saber. Por que eles sempre perguntam isso? Porque não. Tudo bem, ele não insistiu. Só convidou de novo quando apareceu um outro. E de novo. E de novo ia convidando, acho que ele se sentia na obrigação de perguntar toda vez se eu queria ou não. De vez em quando, minha mãe ou o meu pai, ou então os dois juntos vinham com um "vai filho! É diferente da natação, é só um jogo". "Só", eles dizem? Só? Todo mundo olhando pra você e se você derrubar a bendita bolinha, se você não alcançar a bendita bolinha... Deixei o tênis.

Mas acho que vou insistir com o violão. Sinto que eu achei uma coisa de que eu gosto realmente e que não preciso competir com ninguém. É só tocar. É só sentir a música. Depois guitarra porque o meu objetivo é aprender a tocar guitarra. Mas acho que preciso começar com o violão. Ou será que dá pra aprender os dois ao mesmo tempo? Bem que o Mark Knopfler poderia me dar essa resposta. Algumas outras também.

Não sei se a minha mãe acredita que eu vou começar uma coisa e não vou largar logo depois. Mas, de verdade, eu acho que não vou. Acho não, tenho certeza. E queria que ela acreditasse.

Nunca conversei tanto tempo com uma garota quanto eu converso com a Ana Gabriela.

Tenho medo de que ela não acredite em mim.

34.

Pela manhã

Eram nove horas quando o Juan retornou à sala depois de ter se ausentado por praticamente uma aula inteira.

Ana Gabriela ficou prestando bem atenção: Juan entrando de cabeça baixa, sem olhar para lado nenhum. E foi também desse modo que se sentou em seu lugar.

Ela girou o pescoço para trás.

Ele ainda de cabeça baixa.

Como teria sido a conversa com a Jussara?, a garota ficou pensando. Mas não conseguiu adivinhar. A cara dele não dava nenhuma dica.

Quando procurou a coordenadora logo cedo, Ana Gabriela contou-lhe sobre o que tinha visto na quadra na manhã anterior. Porém, além disso, não tinha muito mais a dizer. Alguém entregando alguma coisa a outra pessoa seria o bastante para levantar suspeitas? Nesse caso, Ana Gabriela tinha certeza que sim. A dona Lila também.

Aproximadamente quarenta minutos depois, quando ela já estava concentrada nos exercícios, houve um novo chamado da inspetora de alunos na porta da classe:

— Juan, a Jussara está chamando você na sala dela outra vez.

Mal Juan passou pela porta, Pedro disse em voz alta:

— Que será que o Bolívia aprontou, hein? — e riu.

— Ele não aprontou nada! — respondeu Ana Gabriela, no mesmo tom.

Pedro arregalou os olhos, estranhando completamente a defesa repentina. Olhou para os amigos, erguendo os ombros. Vai entender?, ele pensou.

Veio o sinal do intervalo e ninguém sabia do Juan. Ele não estava no pátio ou na cantina ou na quadra. Deveria estar na sala da Jussara ainda. Certeza.

O sinal soou, os alunos e os professores retornaram às salas de aula, e não muito tempo depois disso a coordenadora e o Juan apareceram, umas caras de que havia alguma coisa bem errada ali.

— Bom dia, professor! Bom dia, alunos! — a coordenadora cumprimentou. Séria.

O professor e os alunos responderam ao cumprimento e a Jussara foi logo continuando:

— Vocês devem se lembrar de que eu vim até esta sala há algumas semanas. Não só a esta, como a todas as demais. Nesta escola, não admitimos discriminação. Lembram-se de que eu falei isso? — os alunos foram balançando a cabeça. — Pois bem. Quero deixar claro que o Juan é um estudante como qualquer outro aqui e se alguém resolver bancar o engraçadinho será advertido também.

— Por que também? — perguntou Marília.

— Chiu! — Ana Gabriela olhou feio para a amiga.

— Pode se sentar, Juan.

O garoto voltou ao seu lugar do mesmíssimo modo que da outra vez. Não tirou os olhos do chão.

— Juan! — a coordenadora chamou.

Ele olhou.

— Cabeça erguida, Juan.

Ele fez que sim e se sentou.

— Entenderam, alunos? — Jussara deu o aviso final. — Qualquer um que se sentir prejudicado, humilhado ou estiver sendo ameaçado, extorquido, faça o favor de me procurar.

— Extorquido? — a pergunta escapou da boca de Pedro, sem querer. Ele estava só pensando em voz alta. Mas a Jussara ouviu.

— Sim, Pedro. Extorquido é quando uma pessoa ameaça outra, tirando-lhe dinheiro para seja lá o que for.

— Eu sei o que é extorquido, Jussara. Só não tinha entendido...

165

— Como alguém pode fazer isso. Também não entendo, Pedro.

Pedro fez uma cara de quem pensou "não era bem o que ia dizer, mas deixa para lá". A Jussara estava bem brava. Então alguém estava extorquindo dinheiro do boliviano? Por quê? Para quê?

Quando Jussara saiu, a classe ficou durante um bom tempo no mais completo silêncio. O professor explicou a matéria, alguns alunos tiraram dúvidas, ninguém reclamava de nada, estava a coisa mais estranha. Parecia que todo mundo tinha tomado aquela bronca e agora eles tinham mais é que ficar quietos para o negócio não se complicar para o lado deles.

Jussara estava na sala dela depois do sinal, depois que a maioria dos alunos já tinha saído, quando Samuel, um deles, a procurou.

O garoto deu uma batidinha na porta e abriu em seguida, colocando só a cabeça lá dentro. A coordenadora levantou os olhos de uns papéis em que escrevia.

— A gente pode se falar, Jussara?

— Claro, Samuel! — ela deixou a caneta cair sobre os papéis. — Entre.

— Acho que você precisa saber de uma coisa.

35.

Notebook

A porta do quarto estava fechada, mas dessa vez ela não bateu. O garoto reclamou, claro, que invasão de privacidade era essa?

— Esqueceu que precisa bater antes de entrar? — ele perguntou, sem desviar os olhos do *notebook* e também sem tirar as mãos do teclado.

A mãe não disse nada. Cruzou os braços e ficou encostada no batente da porta olhando o filho, só olhando.

Quando o garoto percebeu o silêncio excessivo, e por que não dizer?, incômodo, girou a cadeira para trás.

— Que foi, hein? Tem mais sermão? Já não falou tudo o que tinha pra falar ontem? Me deixa quieto aqui, mãe! — e fez voltar a cadeira para a frente.

Beatriz ficou por uns segundos do mesmo jeito.

Então, deu um passo, aproximou-se de Diogo e foi descendo a sua mão até aquele botão. Descendo. Desligou o computador.

— Ei! O que é que deu em você?

Diogo fez menção de ligá-lo novamente, mas Beatriz segurou a mão dele.

— Que é que há, mãe?

— Me espera lá na sala.

— Hã?!

— Estou falando sério, Diogo. Me espera lá na sala.

— Mãe, primeiro você diz que não é pra eu sair do meu quarto, agora fala isso?

— Isso foi antes.

— Antes do quê? Não tô entendendo nada. Você já não me castigou? Já não me proibiu de sair enquanto não chegasse do trabalho? Pode perguntar pro porteiro se você quiser. Eu não saí daqui do prédio a tarde inteira. Quer checar meu celular? — ele empurrou a cadeira, que deslizou sobre o piso até a cama. Apanhou o aparelho que estava lá em cima e lhe estendeu o braço. — Pode olhar. Nem ligar pra ninguém eu liguei, fiquei aqui sozinho como você *mandou*.

Beatriz não pegou o celular, tampouco se importou com a ironia do filho.

— Me espera lá na sala, Diogo.

— E você vai fazer o que no meu quarto?

— Vou sentar na sua cama e pensar. Pensar em tudo o que você anda aprontando.

— E não pode pensar no seu quarto?

— Não.

Diogo ficou um instante em silêncio. Aquilo tudo estava muito esquisito.

— Eu não quero que você vasculhe meu quarto.

— Por quê?

— Ah, então é mesmo essa a sua intenção!

— O que você está me escondendo?

— Eu? Nada, ué! — ele se levantou. — Olha, quer ficar aí na minha cama, fica. Quer revirar meu guarda-roupa, revire. Não uso drogas, se é nisso que você tá pensando agora.

— Não estou pensando nisso.

— Tchau, mãe. Vou na casa do Rafa um pouco, cansei do castigo, tá legal? Você exagerou.

— Exagerei.

— Isso mesmo! — e saiu, batendo a porta do quarto.

Beatriz deu um tempo e abriu. Caminhou devagar até a sala, percebeu que Diogo já deixara o apartamento. Melhor. Voltou ao quarto dele, trancando-se lá dentro.

E ligou o computador.

36.

Os CDs

— Tá tudo aqui, Ariadne. E sem nenhum risquinho, pode conferir — Marcelo sorriu.

A professora pegou os CDs, colocou em cima dos seus livros e ficou equilibrando tudo.

— E aí? Gostou? — Ariadne perguntou.

— Gostei, sim. Tem umas bandas bem bacanas, algumas eu até já conhecia um pouco, mas outras não. Curti muito! Até mostrei pro Mateus e ele gostou também.

— Que bom, Marcelo! Sabe, eu poderia ter escolhido mais dezenas delas, foi tão difícil fazer esta seleção!

— Imagino.

— A música tem muito a ver comigo. Na verdade, acho que com todas as pessoas porque ela marca épocas. As letras nos contam muito sobre determinada história de um povo, de um país. Quer saber o que estava acontecendo no ano tal? Escute uma música. Leia uma poesia. Ah, Marcelo... Arte e História têm tudo a ver. Tudo!

— Tem razão, professora.

Ariadne tirou do rosto o ar sonhador e se despediu:

— Bem, eu preciso ir, tenho aula agora.

— Ah, tudo bem. Outro dia a gente conversa mais.

— Claro! Depois eu quero saber dos detalhes, qual banda gostou mais, menos... essas coisas.

— Gostei daquela música.

— Qual?

— Do seu casamento.

— Ah! *Every breath you take*. Eu a-do-ro essa música! Acho que vou adorar sempre! Bom, eu tenho mesmo que ir. Tchau, Marcelo. Até mais.

— Até.

37.

À espera

Beatriz e Guilherme, pai do Diogo, o aguardavam na sala. Não era tão cedo, mas também não tão tarde. Diogo procurou não demorar muito na casa do Rafael, aquela advertência mais fora de propósito lhe trouxera um bocado de complicações. Melhor ir com calma até as coisas voltarem ao eixo.

Nunca imaginou que Juan abriria a boca assim, tão facilmente. O que é que deu no garoto? Perdera o medo? Cretino. Agora, essa confusão. Droga.

Estranhou quando abriu a porta e viu os pais sentados no sofá.

— Mais sermão, não. Por favor! — e foi passando reto, seguindo até o quarto.

Beatriz e Guilherme não o impediram. Continuaram na mesma posição. Calados.

Em segundos, Diogo estava de volta.

— Mas o que significa isso?

— Você deve saber — respondeu Guilherme, pacientemente.

— Cadê o meu *notebook*?

— Guardamos.

— Quê? Vocês ficaram malucos?

— Maluca eu estou agora só de pensar, só de imaginar de onde e desde quando você tem essas ideias na cabeça.

— Hã?!

— Diogo, a gente nunca imaginou uma coisa dessas vindo de você, meu filho — disse Guilherme. — Quando a sua mãe me falou da reunião daquele dia, e justo naquele dia eu estava viajando, nem liguei muito, pra falar a verdade.

— Que reunião?

— Não liguei porque a gente escuta tanta reclamação, às vezes por cada bobeira, vai ver é coisa da cabeça da síndica, eu disse. Sua mãe ainda me falou: claro que não, Guilherme! A Andrea mostrou o papel. Ah, então deve ser algum desafeto do seu Nílson, enroscos dele por aí. Lá de fora.

Diogo foi mudando o jeito, a postura, o corpo enrijeceu. Num segundo, a fisionomia de seu rosto ganhou um novo aspecto.

— Não sei do que vocês dois estão falando.

— Que significa aquele monte de *sites* que encontramos no seu *notebook*?

— Ah, então ficaram mesmo fuçando nas minhas coisas!

— Apologia ao ódio, Diogo? Que que é isso, com quem você anda se relacionando?

— Com as mesmas pessoas de sempre.

— As mesmas pessoas que eu vejo, né, Diogo, e as que eu não vejo?

— Ah, mãe! Sem essa!

— Por que você fez aquilo com o seu Nílson? — Guilherme perguntou.

— Eu não fiz nada.

— Primeiro foi aquele menino, o tal de Juan. Você jurou que não era do jeito que a Jussara tinha dito, que o menino estava devendo dinheiro pra você. Até que eu tentei acreditar. Mas agora? Agora eu estou entendendo, depois de tudo o que eu li naqueles *sites*. *Sites* neonazistas, você sabe bem o que significa isso? Racismo é crime, Diogo! Se a polícia pega aquele material, se a síndica não tivesse vindo falar com a gente primeiro...

— Aquela mulher é insuportável! Como é que ela foi me acusando sem ter provas?

— A Andrea não acusou. Disse que havia recebido uma denúncia e que deveríamos investigar.

— Só porque vocês acharam alguns históricos de *sites* no meu *notebook* não significa...

— E folhetos no seu armário. Ia colar aquilo em algum lugar? Num muro... num poste...?

— Ah, então mexeram em mais coisas, mãe? Não se contentaram em fuçar só no meu computador? Cadê a minha privacidade?

— Diogo, não minta pra nós — pediu Guilherme, sem dar ouvidos a qualquer possível reivindicação do filho. — Não é tudo uma coincidência. O que ocorreu na escola com o garoto boliviano, a carta ao seu Nílson, esses *sites* com conteúdo racista, essas comunidades... Não minta.

Diogo fez uma pausa.

— Não tô fazendo nada errado, pai. Eles é que estão.

— Dá pra explicar?

— Que é que essa gente tem que vir morar aqui? Por que aquele nordestino não ficou lá no lugar de onde nunca deveria ter saído? Ele e o boliviano! Odeio essa gente, odeio!

— Qual a diferença entre o seu Nílson ser o nosso porteiro e qualquer outro? — perguntou Beatriz.

— Muita diferença. Quanta gente você vê passando fome pelas ruas? Quantos querem trabalhar e não conseguem? E por quê? Porque existem pessoas que vêm de fora e tiram seus empregos, as suas oportunidades, vocês não conseguem enxergar?

— De onde é que você tirou isso, Diogo? — Guilherme estava atônito. — Quem é que colocou tanta

175

bobagem assim na sua cabeça? Esqueceu que o seu tio Marcos, que você sempre admirou, pelo menos quando criança, não mora nem trabalha aqui no Brasil já faz dez anos?

— É diferente.

— É diferente por quê? Pra mim é igual o fato de seu tio trabalhar na Inglaterra e o seu Nílson trabalhar em São Paulo.

Diogo ficou escandalizado:

— Ora, pai! Faça o favor!

— Ué, ele não está tirando o emprego dos ingleses? Aí pode?

— Quer comparar o tio Marcos, um cara culto, que fala não sei quantas línguas, que tem um cargo superimportante...

— Que preconceito é esse, Diogo? — interrompeu Beatriz. — Aos que têm dinheiro, tudo; aos que não têm, nada? É isso? Cadê a sua preocupação com aquilo que acabou de dizer? Sobre os que passam fome pelas ruas. Percebe como está sendo contraditório? Você realmente está preocupado com essas pessoas, Diogo? De verdade?

— Puxa vida, meu filho, nunca fomos racistas, sempre procuramos passar a você o respeito pelos outros...

— Mas eu respeito. Quem deve ser respeitado.

Irritado, Guilherme levantou o tom de voz:

— E quem você pensa que é para julgar quem deve ou não ser respeitado?

Beatriz suspirou.

— Não adianta, Guilherme. O Diogo está com essa ideia fixa na cabeça e não vai ser numa conversa apenas que ele vai mudar.

Ele olhou sério para Diogo. Falou calmamente:

— Sem computador, por enquanto.

— Qual é, pai? Eu não sou criança!

— Depois vai poder usar aquele do escritório, que é de todo mundo. E eu vou monitorar onde você entra e com quem fala.

— Pai!

— Ou é assim ou não tem computador.

Diogo não respondeu. Estava furioso. Ser tratado assim, como criança, aos dezesseis anos? Por acaso não tinha o direito de pensar o que bem entendesse?

— Vou te falar só mais uma coisa — disse Guilherme. — Se o seu Nílson trabalha aqui é porque há emprego para ele aqui. Neste prédio, nas empresas, nas indústrias, no comércio... e sei lá onde mais. Ninguém fica desempregado por causa de outra pessoa. As oportunidades existem para qualquer um que queira buscá-las. Eu gostaria muito que você pensasse nisso, Diogo.

38.

Foi assim

Ana Gabriela: Procurei a Jussara ontem, logo de manhãzinha, e contei que andava desconfiada de umas coisas. Que achei muito esquisito o Juan fazer amizade com aqueles meninos mais velhos, mesmo porque eles não tinham jeito de amigos. Tudo bem, ficou só na desconfiança no começo. Mas depois eu vi o Juan passar alguma coisa pras mãos do Diogo. Pensei: o Juan tá sendo chantageado, só pode! Eu não sabia que era dinheiro aquilo, mas tava na cara que ele não entregava seja lá o que fosse de livre e espontânea vontade.

Marcelo: Mas por que o Juan deu dinheiro pra eles?

Ana Gabriela: Pra comprar a proteção dele, tipo assim. Você faz isso, que nós te protegemos, mantendo você longe de encrenca. Tudo mentira! Ele fazia e desfazia do garoto! E ainda roubava! Que salafrário!

Marcelo: Não dá pra acreditar numa coisa dessas...

Ana Gabriela: É. Não dá. Mas você pensa que o Juan foi logo se abrindo? Imagine! A Jussara conversou, conversou... ele dizendo que não era nada, sempre nada. Como é que ele diz mesmo...? No pasa nada. Até decorei. Só que a Jussara pode ser tudo nessa vida, menos boba, e logo percebeu que o Juan tava meio que acobertando os caras. Mentindo pra proteger. Protegendo por medo. Não sei direito o que ela disse, mas conseguiu fazer o Juan contar a verdade, ainda bem.

Marcelo: Ainda bem mesmo.

Ana Gabriela: Tem mais. A Jussara me chamou hoje. Na época em que recebi aquela mensagem, aquela, lembra?, comentei com ela que até o porteiro do meu prédio, que nem olha na internet nem nada, recebeu uma carta. "É ofensa pela internet, *e-mail*, carta, onde é que a gente vai parar?", foi o que ela disse. E se lembrou dessa conversa, por isso me chamou.

Marcelo: Pra quê, Ana? Ainda não entendi.

Ana Gabriela: Um aluno, ela não me falou quem, disse ter escutado umas coisas num dia desses. "Nordestino sem-vergonha", "safado", "aquele cara vai ter que ir embora senão"...

Marcelo: Mas por que ele foi contar isso pra ela?

Ana Gabriela: Porque achou que o Diogo estivesse aprontando com alguém. Quis tentar ajudar, cortar o mal pela raiz, entende? A Jussara pediu em todas as classes pra ser avisada de qualquer coisa do tipo. Só que não era de aluno de quem o Diogo estava falando. Era do seu Nílson! Então, logo associou uma coisa a outra porque ela sabe que eu e o Diogo moramos no mesmo prédio. Mas ela me disse pra eu não fazer nada sozinha, pra falar com a minha mãe ou a síndica. Não fiz nem uma coisa nem outra. Falei com a dona Lila, que aí acabou contando pra Andrea, a síndica do prédio. Não foi a primeira vez que eu conversei com ela sobre o

	Diogo. Naquele dia em que vi o Juan e os meninos na quadra, encontrei a dona Lila logo que eu cheguei da escola. Estava com a cabeça a mil... E foi ela quem me aconselhou a contar tudo pra Jussara.
Marcelo:	E o que aconteceu com o Diogo?
Ana Gabriela:	Isso eu não sei. Pode ser que ainda esteja acontecendo porque foi tudo agora à tarde. Será que a Andrea vai chamar a polícia?
Marcelo:	Não sei... Mas em que bela confusão esse cara se meteu, hein?
Ana Gabriela:	Acho pouco! Deviam prender o Diogo, isso sim! Cretino! Sabe, Marcelo, eu tô com raiva de mim também.
Marcelo:	Por que de você?
Ana Gabriela:	Como é que eu pude ter me enganado tanto a respeito dele? Só porque é um cara bonitinho?
Marcelo:	Ah, então ele é bonito.
Ana Gabriela:	Era. Tenho nojo dele agora.
Marcelo:	Ana, eu preciso te contar uma coisa.
Ana Gabriela:	O quê?
Marcelo:	Também tenho nojo de uma garota da minha classe, ela é a pessoa mais desprezível que eu já conheci na vida. Só quer ferrar os outros, só.

Ana Gabriela: Deve ser do tipo desse Diogo.

Marcelo: Não sei se ela é do tipo dele, ou pior, ou melhor...

Ana Gabriela: Fala logo, Marcelo!

Marcelo: É que eu tive que beijar a Silvana.

Ana Gabriela: Como assim "tive que beijar"? Alguém por acaso beija por obrigação?

Marcelo: Ela me desafiou. Me falou uma asneira e eu caí na armadilha. Pra não ficar feio diante das pessoas que estavam ali. Fiquei com vergonha de contar isso pra você, porque eu tenho vergonha até de mim mesmo. Fui um covarde fazendo isso, não consegui dizer não, mandar a Silvana plantar batata e enfrentar o que viria depois. Queria te pedir desculpas.

Ana Gabriela: Pra mim? Eu não tenho nada a ver com isso.

Marcelo: Não tá chateada?

Ana Gabriela: Claro que eu tô!

Marcelo: Mas, então...?

Ana Gabriela: Tô chateada comigo mesma, igual você ficou com vergonha de você mesmo.

Marcelo: Não entendi, Ana Gabriela.

Ana Gabriela: Tô chateada porque eu me enganei a seu respeito também.

39.

Elevador

A porta do elevador já começava a fechar, quando de repente o mecanismo foi interrompido. Ana Gabriela já tinha apertado o botão de número três, mas teve de aguardar um pouco mais.

A porta se abriu.

E o Diogo entrou.

Ana Gabriela não disse "oi" dessa vez, aliás nem olhar, olhou. Que azar. Mais um minuto e teria ficado livre desse constrangimento. Nunca mais queria ver o Diogo na frente, nunca mais. Tudo bem, teria de se encontrar com ele algumas vezes já que moravam no mesmo edifício. Mas que tivesse pelo menos a sorte de continuar com os horários diferentes, ah, isso ela rezava para acontecer. Não tem gente que nunca se encontra mesmo? O morador do 708, por exemplo. Nem sabia nada da vida dele, nunca via... Se vasculhasse bem, acharia mais, ah, muito mais moradores nessas condições. Talvez aquela senhora do...

— Você não é igual a todas as Anas do mundo.

Ana Gabriela espantou os pensamentos e olhou para Diogo, sem compreender.

— Quê?

O elevador acabara de chegar ao terceiro andar. Diogo segurou a porta, Ana Gabriela deu um passo meio cambaleante para fora. Do que é que esse garoto estava falando?

— É muito pior — ele arrematou, a voz pausada.

— Escuta aqui. Quem você pensa que é...

— Escuta aqui você, menina! Foi você que me entregou, pensa que eu não sei? Mais de uma vez vi você conversando com o Juan, deve ter feito a cabeça dele contra mim. Não só isso, também deve ter falado aqui no prédio um monte de mentiras a meu respeito.

— Mentiras? Sei!

Diogo colocou o dedo na cara dela, sarcástico:

— Eu não disse que foi você? — e soltou a porta.

Porém, antes do elevador seguir para o oitavo andar, ele repetiu:

— Você é muito pior!

A porta fechou-se completamente ao mesmo tempo que uma lágrima correu pela face de Ana Gabriela, indo parar direto na boca. Ela apertou os olhos. E o rosto todo se encharcou.

Muito, muito pior. Aquela voz não saía da sua cabeça, Ana Gabriela sentia-se péssima. Com que direito Diogo lhe falava assim? Como ele poderia despejar o que bem entendesse e depois apertar um botão e simplesmente sumir? Como fazer para tirar essa dor que estava sentindo agora?

Ana Gabriela não saberia precisar o tempo em que ficara assim, sem reação, completamente absorta em frente ao elevador. Porém, quando a garota olhou para cima, a luz do número oito nem acesa estava mais.

Acesa estava outra luz, esta em sua cabeça, tão logo ligou todos os fatos à última frase dita pelo Diogo.

Ana Gabriela não era assim tão invisível quanto pensava.

40.

Beijo

— Mas por que você foi contar que beijou a Silvana?

Marcelo e Mateus caminhavam pelo corredor das classes. As aulas já tinham terminado e agora dirigiam-se ao portão.

— Como é que ela vai ser minha amiga se souber que eu vivo mentindo?

— Primeiro: você não vive mentindo. Segundo: amiga? Achei que você estivesse pensando em outra coisa... Terceiro: bom, já que você contou, agora conserta.

— Conserta como, Mateus? Como?

— E eu sei lá? Vai pedindo desculpas, tentando se explicar, uma hora ela acaba te perdoando.

— Fácil...

— Mas me fala uma coisa que eu ainda não entendi. Por que é que ela ficou tão brava assim? Vocês nem se conhecem pessoalmente e ela já se mordeu de ciúme?

— Não sei se foi ciúme, Mateus. Ela disse que se enganou a meu respeito, acho que ficou decepcionada. Por eu ter sido um fraco, entende? Vai ver foi isso.

Mateus teve a sensação de ter ouvido um chamado. Olhou para trás. Não foi sensação.

— Sabe quem vem vindo?

— Quê?

— Sabe quem vem vindo?

— Eu ouvi o que você disse. Só não tô acreditando que possa ser o que eu imagino.

— Pois pode acreditar.

— Essa menina não vai me dar sossego nunca?

— Vai, ué. Se você falar isso pra ela.

Os dois continuaram caminhando, mas num segundo Silvana os alcançou.

— Oi, Marcelo!

Ele virou-se, devagar. Olhou bem para ela.

— Silvana, me faz um favor? Me deixa em paz, tá legal?

— Por que você tá me tratando assim? — a voz doce, inocente. — Bem que você gostou daquele beijo...

— Eu gostei? Quem disse?

— Você tá falando alto de novo.

— E vou continuar falando, se quer saber.

Alguns alunos que passavam olharam meio de lado. Uns pararam, outros cutucaram os amigos, dando risinhos maliciosos. Mas será possível que essa Silvana era mestre em aglomerar gente? Deveria pensar nisso quando fosse escolher a profissão. Arrastava um tremendo público atrás de si!

Ela foi falando, suave:

— Marcelo... Eu sempre gostei de você...

— Ah, meu Deus... — Marcelo jogou os olhos para o alto.

— É verdade! E você de mim.

— Quê? — agora encarou a garota. — Olha aqui, Silvana. Aquele dia do beijo foi o dia mais nojento da minha vida!

— Marcelo! — Silvana ergueu o tom de voz, repreendendo-o.

— Fiquei com nojo de você e de mim mesmo por váááários dias. Acho que eu ainda tô, pra ser sincero. Nunca mais quero chegar perto de você! Nunca mais!

Silêncio.

Ela falou baixo. Suave, como antes:

— Você sabe que a sua reputação pode ir abaixo de zero de uma hora pra outra.

— Pois faça o que quiser. Eu não me importo com nada do que você venha a fazer ou dizer. Desaparece!

Silêncio.

Marcelo olhando firme para Silvana. Firme como nunca havia olhado para ninguém. Talvez, nem para si mesmo diante do espelho. A plateia aguardando. Silvana ou Marcelo? Marcelo ou Silvana? Quem ganharia este round?

Silvana respirou fundo. O ar passou de volta pelas narinas, fez barulho. Um misto de raiva, mas também de resignação.

Silvana olhou bem dentro dos olhos de Marcelo.

E deu as costas, indo embora.

41.

E-mails

De: Marcelo
Para: Ana Gabriela

Ana Gabriela,
Este foi o único jeito que eu encontrei pra conversar, já que você sumiu. Eu te procuro e você nunca tá on-line. Por que resolveu fugir? Confesso que eu também passei a vida fazendo isso e posso te garantir que não resolve. Ana, se abrir este e-mail, por favor leia até o fim e depois me responda.
Você deve tá decepcionada comigo, concordo. Fui uma pessoa fraca, um covarde, talvez tenha passado uma imagem bem ao contrário disso pra você. Mas não foi minha intenção te enganar, você é que deduziu as coisas, eu só não confirmei, lembra? No fundo,

queria ser do jeitinho que você me imaginou. Mas não sou.

Sempre tive medo de enfrentar as pessoas, as situações, sei que é um erro meu, mas tô tentando mudar. Verdade. E a primeira coisa que fiz foi me livrar da Silvana pra sempre. Se você pensar bem, ela fez comigo a mesma coisa que o Diogo fez com o Juan. E você ficou do lado do Juan, não ficou? Por que agora não pode me compreender também e ficar do meu lado?

Queria te pedir pra ouvir uma música, procura na internet: Every breath you take, *do The Police. Quer dizer: a cada suspiro seu. Quando eu ouço essa música, eu me lembro de você.*

Beijo.
Marcelo.

De: Ana Gabriela
Para: Marcelo

Marcelo,
Você nunca ouviu um suspiro meu.
Ana.

42.

Na classe

Estavam no meio da aula da professora Arlete quando a coordenadora Jussara pediu licença para interrompê-la.

— Que será dessa vez? — Pedro perguntou a Gustavo.

— Isso já tá virando rotina... — o amigo respondeu.

— Quer apostar que tem a ver com o Bolívia? — perguntou o primeiro.

— Silêncio, pessoal! — pediu Arlete, olhando diretamente para os dois amigos que conversavam.

Pedro fez um sinal afirmativo para a professora e outro para Gustavo, querendo dizer: depois a gente conversa.

— Pode falar, Jussara — pediu Arlete.

— Bom, estou de volta ao 8º B. Mas dessa vez por um motivo diferente. Um bom motivo, aliás.

A turma relaxou. Puxa, até que enfim não era bronca.

— O bom motivo é que ficou esclarecido de uma vez por todas que não foi o Juan que enviou mensagens difamatórias para a Ana Gabriela. Nem pelo computador, nem pelo celular, enfim, o Juan é inocente.

— E quem foi, então? — perguntou uma aluna.

— Bom, isso já é uma outra história — Jussara deu um tempo. — Como eu disse, o Juan é inocente.
Silêncio.

— Vocês não vão dizer nada? Para o Juan?
Silêncio.

— Se eu não me engano — a coordenadora continuou —, a professora Arlete, não foi isso, Arlete?, me contou que a classe ficou tão agitada... todo mundo falando, todo mundo acusando... ou será que eu me enganei?

A Arlete fez que não.

— Então? — perguntou Jussara. — Vão ficar em silêncio? Será que não é hora de vocês falarem alguma coisa?

Pedro levantou-se.

— Tem razão, Jussara.

E dirigiu-se até a carteira do Juan, a classe toda olhando, quieta. Pedro parou em frente à carteira do garoto e lhe estendeu a mão.

— Desculpa a gente, Bolívia. Foi mal.

— Pedro! — a Jussara chamou.

Ele girou o corpo, encarando a coordenadora.

— Que tal perguntar o nome dele, já que talvez você não saiba, hein?

— Ah, boa ideia, Jussara! — os alunos riram. Pedro voltou-se para o garoto. — Como é seu nome mesmo? Ah, espera! Como é seu nombre?

A classe continuou rindo.

Marília chegou mais perto de Ana Gabriela, que estava na carteira ao lado.

— Esse Pedro é uma piada, não?

— Ele adora fazer gracinha.

— É muito fofo.

Ana Gabriela olhou a amiga com estranheza.

— Ué, eu acho. Quer dizer, acho que não tinha reparado antes...

Juan apertou a mão de Pedro:

— Mi nombre es Juan, Pedro.

— Olha só! — Pedro foi virando a cabeça para os lados, as duas mãos ainda grudadas, os dois cumprimentando-se. — Ele sabe meu nome! Seja bem-vindo à nossa classe, Juan. É uma turma legal, sabe. Unida. Difícil isso hoje em dia, né, professora? Você pode contar com a gente.

Jussara e Arlete sorriram. Ambas pensando em algo parecido: poderia ser que o Pedro estivesse fazendo teatro, poderia ser que ele estivesse exagerando na recepção, fazendo graça para aparecer. Muito provavelmente. Mas que importava?

— Você quer dizer alguma coisa, Juan? — a professora Arlete perguntou.

O garoto fez um gesto afirmativo com a cabeça.

— Pois então, fale!

— Yo lo sé cuanto es ocho veces nueve. Són setenta y dos.

— Como? — perguntou Arlete.

— Són setenta y dos.

— Não! Isso eu entendi. Não entendi porque você resolveu falar uma coisa dessas agora.

Foi Pedro quem respondeu:

— Eu sei, professora. Quer dizer, acho que sei. Quando o Juan chegou, nós tivemos aula de Matemática e no meio de uma conta a professora perguntou pro Juan quanto era oito vezes nove. Acertei? — ele olhou para o garoto boliviano.

Juan fez que sim. Pedro sorriu, satisfeito. Sempre teve boa memória.

Continuou:

— Aí, ele disse que não sabia, mas agora tá dizendo que sabe, já aprendeu. Pronto.

Juan balançou a cabeça na mesma hora:

— ¡No! Yo lo sabía, pero no había entendido la pregunta. Nosotros decimos ocho por nueve, no veces. Me quedé... — Juan franziu as sobrancelhas, como se fizesse força para se lembrar da palavra. — Fiquei confuso.

— Ô, Juan! Devia ter perguntado pra nós, cara! — disse Pedro, solícito. — Daqui pra frente, faz favor de perguntar o que você não sabe, tá legal?

Jussara e Arlete se entreolharam. Sorriram de novo ao mesmo tempo que Juan se levantava e dizia algo que, instantes depois, descobriria ser a causa de uma bela confusão:

— Un rato.
— Rato?!
— Onde?
— Credo, que horror!
— Cadê?
— Cadê?

E a classe inteira virou uma pequena bagunça. Pedro, que já estava em pé, começou a rodar pela sala; uns alunos que estavam sentados também se levantaram; enquanto isso, Juan balançava a cabeça, aflito, querendo dizer que não era o que todo mundo pudesse estar pensando; a Arlete e a Jussara estranhamente rindo.

E foi nessa hora, precisamente nessa hora, que todos os colegas imaginaram que Juan estivesse fazendo piada. "Como ele havia se soltado rápido, hein?", pensaram alguns.

Então o garoto pediu, elevando o tom de voz acima daquele falatório e agitando as duas mãos rapidamente:

— ¡Por favor! ¡Por favor!

Silêncio geral. A classe aguardando.

Juan pensou um pouco. Ainda não estava muito familiarizado com o Português, virava e mexia misturava tudo. Seus pais já falavam melhor, todos os dias Juan aprendia com eles uma palavra nova. Melhor dizendo, todas as noites, pois os dois, três, contando com o irmão, trabalhavam o dia inteiro, saíam de casa cedo e só voltavam bem tarde.

Apesar de tudo, apesar das dificuldades que cada pessoa de sua família ia encontrando no meio do caminho, um caminho que se traduzia pelo sonho de se construir uma vida nova, Juan sentiu que agora estava ficando mais fácil. Não só por causa da língua que aos poucos ia aprendendo e se comunicando melhor, não só por causa dos costumes que ia conhecendo e gostando de conhecer (o contrário também acontecia: às vezes, um colega e outro lhe pediam para falar de seu país, de como é a vida lá). Mas, principalmente, por causa de outras coisas.

O rosto do garoto boliviano se iluminou quando a palavra lhe surgiu:

— Um momento, quiero decir... — ele ergueu um pouco a mão direita, mostrou o polegar e o indicador, deixando pequenino o espaço entre os dois dedos. — Un ratito...

— Ratito...? — balbuciou Pedro para Gustavo, franzindo a testa. — Minha nossa...

— Hay una amiga muy especial aquí. Mi primera amiga...

Juan mirou Ana Gabriela, que lhe sorriu, afetuosamente. Ele caminhou até a carteira dela, abaixou-se e a beijou no rosto:

— Gracias.

Ana Gabriela se levantou. E lhe deu um abraço apertado.

Enquanto os alunos conversavam, e a Jussara se despedia da Arlete na porta da sala, Laís cutucou Ana Gabriela, que já se encontrava sentada outra vez, na carteira da frente:

— Você não vai contar mesmo quem foi que mandou a mensagem, Ana? A turma vai querer saber.

— E eu tenho provas por acaso? Melhor esse assunto morrer aqui.

— Tem certeza?

— Tenho. Eu já fiz o que tinha de ser feito, a Jussara tá de olho nele aqui na escola.

Marília perguntou:

— Por que será que o Diogo te escolheu, hein? Quer dizer, poderia ter escolhido a mim ou a Laís ou... — a garota ergueu os ombros, dando a entender que haveria infinitas possibilidades.

— Não sei... — respondeu Gabriela. — Ele me conhecia lá do prédio, precisava de alguém da classe do Juan, o objetivo desde o começo era incriminá-lo.

Achou que eu facilmente aceitaria o Juan como amigo. Ou vai ver porque tenho cara de boba.

— Você não tem cara de boba — falou Laís.

— As pessoas a-do-ram me enganar.

— Como assim? — perguntou Marília.

— Vocês acreditam que o Marcelo beijou uma menina que ele detesta? E isso depois de ter me conhecido e tudo? Cara de pau.

— E você por acaso tem alguma coisa com o Marcelo? — de novo a Marília.

— Não, claro.

— Ele não te enganou, Ana — falou Laís. — Pelo contrário, até contou a verdade.

— E se a gente pensar bem, ele nem precisaria ter contado — avaliou Marília. — Desculpa te dizer isso, Ana, mas você não é nada dele, esqueceu? Ou é?

— É que ele me parecia tão... não sei explicar. De repente, percebi que o Marcelo não era exatamente do jeito que eu imaginava.

— E como é que você imaginava? Um super-Marcelo?

— Que bobagem, Marília! É claro que não.

— Ainda bem. Porque, se imaginou, minha amiga, fique sabendo que todo mundo tem seus defeitos. Suas diferenças. Até esse aí, ó — e apontou o Juan, ainda conversando com o Pedro.

Ana Gabriela olhou para o colega, depois para Marília:

— Vai começar a falar do Juan de novo, Mari?

— Claro que não. Tô até pensando em pedir desculpas pra ele. Fui meio grossa, sabe? E eu não sou assim.

— É uma flor! — brincou Laís.

— Uma justa flor — corrigiu Marília.

43.

Sinal fechado

Quando o automóvel parou no semáforo foi que o silêncio tornou-se ainda mais nítido. Não tinha reparado nele até então; o trânsito — o movimento de carros, o cruzamento de ruas e avenidas — havia lhe tomado a atenção completamente. Só agora aquilo a incomodou.

Olhou para seu lado direito. Diogo olhando para a frente.

— Diogo... — ela chamou.

Beatriz teve a sensação de que o filho não a escutara. De verdade, não sentia que Diogo estava fingindo, ele parecia mesmo distante. Muito distante.

Por isso chamou-o novamente:

— Diogo!

Ele olhou, como que acordando de um transe.

— Está tudo bem?

Diogo demorou um pouco para responder. Nem foi uma resposta:

— Que você acha?

— Eu acho que não deve estar, pela sua cara.

— Acertou.

— E você já pensou no porquê disso tudo? Por que não está tudo bem?

— Mãe. Você sabe muito bem o que eu tô passando, não vem com essa.

— E por que, Diogo? É nisso que eu e seu pai queremos que você pense.

— Porque tem um monte de gente contra mim. Até vocês.

— Nós não estamos contra você, até parece.

— Ah, não?

— Claro que não. Estamos contra o que você anda fazendo. É diferente.

— Pra mim é tudo igual.

— Não é igual, Diogo. Você é nosso filho e nós te amamos. Mas você está equivocado numa porção de coisas. Não queremos te ver envolvido com essas pessoas que têm pensamentos racistas, preconceituosos, que se julgam superiores... Fizeram uma lavagem cerebral em você, foi isso?

Diogo deu um risinho irônico.

— Você tá brincando, né?

— Sabe, eu andei lendo algumas coisas sobre esses grupos extremistas. A internet acaba facilitando muita coisa pra eles, até hospedar o *site* em outros países para driblar a polícia daqui eles fazem. E você acessa essas páginas, há milhares delas!, achando que tudo bem. Não é tudo bem, Diogo. Não é mesmo. Sabia que em alguns países que sofreram com o nazismo no passado esse simples acesso já é crime?

— Não.

— Mas é.

— O sinal abriu.

Beatriz olhou para a frente, devagar. Respirou fundo, engatou a marcha e acelerou. Diogo ficou do mesmo jeito de antes, vendo os carros passando, pessoas nas calçadas, às vezes nem olhava isso, às vezes não olhava nada lá fora. Só dentro.

Mãe e filho fizeram o restante do percurso até a escola sem dizer mais nada um ao outro. Chegando lá, Diogo abriu a porta, ia descendo quando Beatriz o segurou pelo braço.

Ele virou o rosto na direção dela.

— Me dá um beijo.

Diogo chegou perto e a beijou.

— Tchau, mãe.

Beatriz lhe sorriu.

— Tchau.

Logo na entrada, Diogo viu Juan em meio aos alunos que chegavam. Os olhos de ambos se cruzaram, mas num segundo o garoto boliviano esquivou-

-se, baixando a cabeça e continuando seu caminho com um pouco mais de pressa.

Diogo não disse nada, por um breve momento apenas o acompanhou com o olhar. Um minuto depois, apareceriam alguns amigos, amigas da classe, e ainda de outras, e começariam a rir e a conversar, enquanto se dirigiam às salas de aula.

44.

Show dos Astecas

Ingressos esgotados havia semanas, casa lotada, pessoas grudadas umas nas outras gritando "Astecas! Astecas!", ou então "Luca! Luca! Luca!", e por aí afora.

Mesmo a maioria do público da banda sendo adolescente, muitas crianças também estavam ali, acompanhadas dos pais. Calor humano é que não faltou.

Com exceção de Ana Gabriela, que usava a camiseta que ganhara da rádio, uma camiseta preta com a frase "Astecas, amamos vocês!" e o logotipo da Rádio Max nas mangas, Marília e Laís também vestiam uma com escritos semelhantes. Haviam mandado fazer especialmente para usarem no show. Aliás, isso parecia quase uma regra ali. Muitos grupos trajavam algo que enaltecia a mais famosa e polêmica banda dos últimos tempos.

A ansiedade era geral. Marília pegou a mão de Ana Gabriela e a colocou em seu peito.

— Olha aqui, Ana. Sentiu? Meu coração não vai aguentar! Vê Laís? — agora tomou a mão da outra amiga. — É muita emoção!

— Foi por ciúme.

— Quê?

Com aquele barulho, era impossível ouvir direito o que a Ana Gabriela dizia.

— Foi por ciúme! — ela repetiu mais alto.

— Por ciúme, o quê? — perguntou Marília, sem entender nada.

— Ciúme do Marcelo ter beijado outra menina! Foi isso.

— Ahhh... — primeiro, balançando a cabeça para a frente e para trás, Marília mirou Laís. Esta arqueou as sobrancelhas, deu um suspiro, fazendo em seguida um gesto idêntico. Marília voltou-se para a amiga. — Agora tá explicado.

— Tô tão chateada... — reconheceu Ana Gabriela, um ar triste, olhos no chão. — Banquei a boba, a infantil.

— Todo mundo tem ciúme, Ana. Normal.

— Acontece, Laís, que eu não disse isso pra ele. O problema é que agi de um jeito que parecia que eu era a rainha da verdade. Nunca erro, nunca faço besteira, nem admito que ninguém faça. Pra ser meu amigo tem que ser perfeito! E não é nada disso! A resposta é muito mais simples. Fiquei com ciúme. Pronto. Acabou.

— Então, fala isso pra ele — disse Marília.

— Onde será que ele tá?... — Ana Gabriela girou os olhos para os lados. Impossível achar alguém ali, mesmo todos os vencedores do concurso da Rádio Max estando com as camisetas personalizadas. Dez entre centenas? Iria encontrar-se com ele. Só que mais tarde. Não saberia nem como chegar até o camarim com essa multidão. Aquilo deveria levar horas. Horas.

Não tão distante, estava o grupo que Mateus havia ajudado a organizar, junto com o amigo de sua mãe. Conseguiram lotar um ônibus sem muita dificuldade e agora estavam todos ali. Aguardando.

Mateus percebeu que Marcelo não parava de girar o corpo para cá e para lá. Para cá e para lá. Sabia muito bem por quê.

— Marcelo, você não vai conseguir achar a Ana Gabriela nesse montão de gente, cara.

— É, eu sei... — ele ainda continuou olhando. — Impossível.

— Então, relaxa! Quando chamarem vocês pra irem ao camarim, você encontra.

— Ah, não sei se ela vai querer falar comigo...

— Só faltava essa!

— Por quê?

— Marcelo. Eu tô achando tudo isso tão exagerado, meu! Vocês nem se conhecem, a menina já vai ficando brava...

— A gente se conhece, sim, Mateus. Tudo bem, a gente pode não se conhecer pessoalmente, mas conversamos tanto, tanto! Ela é a garota mais legal que eu já conheci na minha vida!

— Ah, meu Deus! Tanta gente pra você gostar na nossa escola... Você é bem complicadinho, né, Marcelo?

— Pedi pra ela ouvir aquela música.

— Que música?

— Aquela. Do casamento da professora.

— Sei.

— Disse que o título significa "a cada suspiro seu". Achei a frase tão bonita... Na verdade, achei que se essa música foi tão importante pra Ariadne a ponto dela ter escolhido pra tocar no casamento... uma música assim tão romântica... Bom, aquilo poderia dar certo. A gente meio que faria as pazes, entende?

— Ahn. E aí?

— Aí que ela me deu uma única resposta: "você nunca ouviu um suspiro meu".

— Credo, que garota insensível!

— Ou brava.

Quando Luca, o vocalista e líder dos Astecas, mais o Enrique, o Fê, o Duda e o Jotavê subiram ao palco, o público logo enlouqueceu, antes mesmo de ouvirem o cumprimento.

— Boa noite, galeraaaaaa!!!

E a galera vibrou.

Grandes telões reproduziam as imagens do show, além de diversos lasers coloridos que saíam do palco em direção ao público. Era um espetáculo. Todos sabiam de cor as músicas cantadas e, na maior empolgação, cantavam junto. Os garotos da banda foram simpáticos o tempo inteiro. "Quem poderia negar seu sucesso?", escreveria um repórter num importante jornal, no dia seguinte. E terminaria: "o show dos Astecas em São Paulo foi um sucesso. Ninguém pode dizer que esses meninos não têm talento. E, certamente, continuarão arrebatando fãs de todo o país por um longo tempo".

Depois de os Astecas cantarem a última música do show, depois de cantarem o bis e se despedirem do público mais de uma vez, a equipe da produção do show deu o recado mais esperado da noite:

— Atenção, vencedores do concurso da Rádio Max! Venham até aqui, pois estamos aguardando vocês!

Aos poucos, os ganhadores foram chegando, subindo ao palco, cumprimentando-se. Aquilo era mesmo uma festa. Uma emocionante festa.

Ana Gabriela e Bianca, a única garota com quem Ana Gabriela tinha feito contato, abraçaram-se:

— Que legal te conhecer, Ana!

— Legal mesmo, Bianca!

Rapidamente, Ana Gabriela passou os olhos ao redor. Contou os vencedores do concurso. Oito pessoas. Marcelo estava entre os dois que ainda não tinham aparecido. Sentiu suas mãos geladas, o coração pulando, nem sabia mais se era porque veria os meninos da banda de pertinho ou porque veria o Marcelo. Ao vivo. Nada de *webcam*. Olho no olho. Era a coisa mais estranha.

— Tô tão emocionada, Ana! — disse Bianca, um sorriso largo.

— Eu também... — sorriu. Mas apreensiva.

De novo a mesma sensação. Será que era por causa do Marcelo? E se ele não a desculpasse? Puxa, tinha sido tão mal-educada e agora sentia vergonha também. Era nervoso, emoção, vergonha, ai, meu Deus!, quanta coisa junta. Difícil lidar com tudo isso.

— Chegou mais um! — gritou um dos rapazes da Rádio Max que também estava ali junto à equipe da produção, andando de um lado para o outro. Seguranças. Fotógrafos. Repórteres. Um passa-passa.

— Será que a gente vai aparecer no DVD? — perguntou Bianca.

Mas Ana Gabriela não respondeu. Para dizer a verdade, Ana Gabriela nem ouviu. Olhou para Marcelo.

Ele se aproximou:

— Que bom te conhecer pessoalmente, Ana.

Ela sorriu.

— Também acho.

Silêncio.

— A gente se falava tanto pela internet que agora tá meio esquisito... — ele brincou.

Ana Gabriela ficou séria.

— Marcelo, preciso te pedir desculpas antes de mais nada.

— Acho que eu também preciso.

— Não, claro que não! Eu é que fui uma grossa. Você me escreveu aquele e-mail enorme e eu te respondi com o maior pouco-caso. Desculpa. Não fui legal com você.

— Tudo bem, Ana. Eu entendo.

Silêncio.

— Eu não fiquei decepcionada com seu jeito, sua maneira de ser, de pensar... Nada. — confessou Ana Gabriela. — Fiquei com ciúme. Foi isso.

— Bom...

— Eu ouvi aquela música.

— Ah, é? E aí, o que achou?

— É bem antiga, né? Mas é linda.

— É, sim. Muito linda. Você quer namorar comigo, Ana?

— Tá falando sério?

— Lógico!

— Ah... Como é que isso pode dar certo? Nós dois, um em cada cidade...

— Se eu vim até São Paulo pra ver os Astecas, por que não viria pra ver você?

Marcelo aproximou-se de Ana Gabriela, tomando-lhe a mão. Não viram o décimo ganhador do concurso da Rádio Max subir ao palco, tampouco ouviram quando um rapaz avisou que agora que se encontravam todos ali, finalmente poderiam ir até o camarim. "Preparem suas câmeras, seus bloquinhos, suas canetas!", ele foi dizendo todo animado.

Entretanto, nenhuma voz, nenhum ruído chamava mais a atenção de Marcelo e Ana Gabriela do que aquele beijo, o namoro começando.

Quando Bianca viu aqueles dois se beijando, pensou logo na coincidência: os namorados ganhando juntos o concurso da Rádio Max. Puxa, que sorte. Pois é lógico que eles já deveriam se conhecer, claro, imagine só se esta seria a primeira vez em que se viam.

Ela só errou na segunda hipótese.

Autora e obra

© ARQUIVO DA AUTORA

Sou paulista, nascida em Americana, e graduada em Letras, Português e Espanhol. Fui professora de Português durante vários anos, e hoje meu trabalho está voltado integralmente à literatura — escrevo e participo de encontros com leitores em escolas e feiras de livros em todo o país.

A literatura faz parte da minha vida há muito tempo, desde a adolescência. Naquele tempo, encontrei nos poemas o canal para expressar os meus sentimentos, minhas angústias e ideais. Mas lecionar para adolescentes mudou completamente o meu modo de escrever, a minha maneira de me expressar. Fui me apaixonando cada vez mais pela literatura infantil e juvenil, e escrever para esse público foi me trazendo um enorme prazer, uma alegria imensa. E assim tem sido desde que lancei meu primeiro livro, em 1998 — hoje são dezenas de obras publicadas —, e tenho a certeza de que continuará sendo por muito tempo.

Costumo dizer que as ideias para se escrever uma história vêm quase sempre do mesmo lugar: das leituras que fazemos do cotidiano. Mas é necessário que haja uma combinação entre os acontecimentos e o tipo de sentimento que eles provocam em mim. O assunto de *A melhor banda do mundo*, que perpassa o preconceito, a discriminação e tantos outros paradigmas que muitas vezes são encarados como corretos, sem que se faça qualquer prévia reflexão, foi capaz disso.

Há algum tempo, li um texto sobre a discriminação que sofrem os filhos de imigrantes bolivianos nas escolas de São Paulo. Eu me interessei pelo assunto. Além das várias pesquisas na época da escrita, fiz principalmente outra coisa: coloquei-me no lugar deles. E vivi o Juan. Senti na pele o que ele sentiu. O mesmo aconteceu ao criar o Marcelo, com todas as suas angústias e inseguranças. A Ana Gabriela e a sua indignação com aquilo que é injusto. O seu Nílson. Diariamente vemos pessoas serem atacadas por causa das suas origens, suas preferências, suas escolhas. E por que isso? Para quê?

Falar sobre certos assuntos é também um meio de protestar contra o que há de errado e injusto.

Tânia Alexandre Martinelli